大剣《ティルフィング》が
長大な光の刃を作り出す。
その光の飛沫は華にも似ていた。
「《ティルフィング》ドーン!!」

霞《かすみ》 れんげ
ひとりぼっちでさまよっていた少女。知らない人と話すと気絶するレベルのコミュ障。保存食を活用した割烹でおいしいものを作るのが得意。
河《かわ》津《ず》 ゆり
前向き90%のリーダー少女。万事雑だが芯の強さでチームを引っ張る。

吉野《よしの》 さざんか
マジガチじゃんだしなギャル少女。
この世界でもオシャレに妥協せず
肌荒れも気にする。
高台寺《こうだいじ》 えりか
包容力あふれるおねえちゃん少女。
チームのおねえちゃんとしてみんなを
気遣う。
れは暗号ね」
咲耶《さくや》 あやめ
冷静沈着な委員長少女。
暴走気味な仲間にブレー
キをかけるチームの要。
色々こじらせ気味。

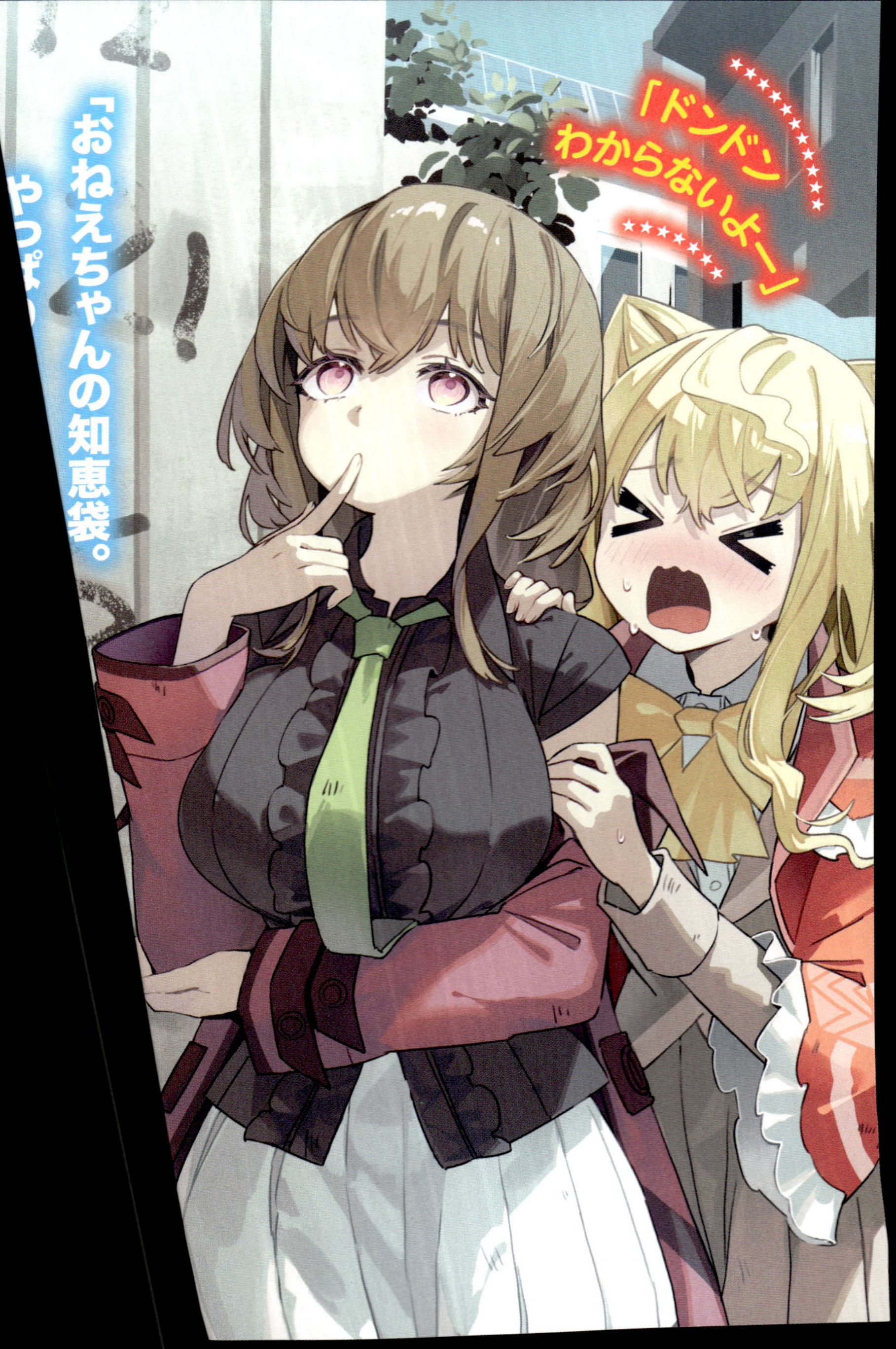
「ドンドン　わからないよー」
「おねえちゃんの知恵袋。
やっぱ

小説

# もめんたりー・リリィ

— MOMENTARY LILY —

## ～Precious Interludes～ 1

原作／GoHands×松竹

文／八薙玉造

挿絵／syuri22

CONTENTS

# プロローグ

空がおかしくなって。

人を消してしまう機械がやってきた。


街の光景はいつもと変わらない。

都心から離れた街並みは彩りにあふれている。駅前から続く大通りは再開発できれいに整えられ、おしゃれなカフェ、華やかなコスメショップ、親しみある看板のチェーン店などさまざまな店が並んでいる。

青い空の下に桜の花びらが舞う。

その街には生きたものが存在しなかった。

朝、通勤や通学のために足早に行き交う人たちも。

昼、買い物や散歩でのんびりと歩く人たちも。

夜、家路を急ぐ人も、家々から聞こえる笑い声ももうない。

代わりに奇妙な物体がいくつも走り回っている。

人の掌《てのひら》大の金属球に手とタイヤがついたようなもの。大きなひとつ目をきょろきょろと動かして駆け回る姿は愛嬌《あいきょう》たっぷりだった。

ころころと走り回る変な機械たち。それらがふと動きを止めた。ひとつだけの目が同じ方向に向けられる。

どこからか奇妙な音が響く。近づいてくる。

人間でも動物でも絶対に発することができない奇怪な音。獣の甲高い叫びを電子音で再現しようとしたかのような、しかし、人間の心を内側から掻《か》きむしる不快さに満ちた音だった。

ビルとビルの狭間、通りにいくつかの影が落ちる。

異常な音を上げるそれらは空から来た。大型車両よりもさらに大きな円盤状をしているが、いわゆる空飛ぶ円盤のようなかわいさはない。

何に使うものかわからない楕円状の金属塊という言葉が相応《ふさわ》しい。それが発する異音と同じく、人間が理解できない形だといえた。

変化は一瞬だった。円盤上の塊を頭部とする形で下へ向かって肉体が現れた。光の塊かゲルのようなもので作られた肉体は二本の腕と二本の脚を持つ人に似た身体をしている。だが、それもただ人の形を真似ただけでのっぺりとしたものだった。

ビルに近い巨躯《きょく》を持つ人型が街へ降り立った。

着地の風圧に、道路脇の柵に引っかかっていた誰かの衣服が吹き飛ばされた。

小さな機械たちもよろめき、慌てふためいて手をバタバタしながら、高い電子音を上げて物陰に駆け込む。

歪《いびつ》な巨人たちが降りた街にはもう誰もいない。

大通りの向こうからゆったりと歩いてくる少女たち以外は。

「見つけたよ、ワイルドハント」

先頭に立つ女の子が白い歯を見せた。

少しクセのある金色の髪を揺らしながら、高校の制服の上にまとったかわいいコートを翻して
河津ゆりがやって来る。友達と駅前に遊びにきたような足取りでブーツの足音を弾ませる。

ゆりの手には自分の身体よりも大きく、肉厚の刃を持つ剣が握りしめられている。

巨人たち——ワイルドハントが彼女たちに身を向ける。奇怪な音が高く響いた。それは威嚇の
雄叫《おたけ》びにしても不快なものだ。

ゆりが手にした剣の各部が巨人の咆哮《ほうこう》に呼応して光る。

「人を消す音、ドンドン効かないんだよね」

ゆりと少女たちはかまわず前に出る。

「じゃあ、ドンドンドンやっつけるよー！」

ゆりがスカートを翻して地を蹴った。少女たちが続く。

「作戦は——」

「反撃させずに集中攻撃」

「そう、それー！」

指示を出したのはほかの少女だったが、ゆりたちは一糸乱れぬ連携を展開していく。

巨人の腕が金属の塊をまとう。作り出された巨大な刃が、絶大な質量という単純無比な破壊力を伴って振り回された。

切っ先でビルを紙のように裂きながら、刃はそのままの勢いをもって少女たちへ叩《たた》き込まれる。

だが、その一撃はぴたりと止まっていた。

ワイルドハントの攻撃を受け止めたのはおっとりふんわりした雰囲気を持った女の子だった。

包み込むような笑みのまま巨人を見返す。

ほかの女の子と比べて長身の彼女が手にするのは大型の盾だった。盾は光の力場をまとい、ワイルドハントの巨刃を難なく受け止めている。

「あらあら。こんなのおねえちゃんにはぜーんぜんよ」

おねえちゃんがおっとりした微笑はそのままに眉を上げる。

「そびえ立て、《ミズガルズ》」

大盾《ミズガルズ》がさらに厚い光の力場をまとう。彼女の踏み込みが力場によって食い止められたワイルドハントを押し返し、揺るがした。

「いいわよいいいわよ！」

スタイルのいい身体をしなやかに躍動させて、おねえちゃんは巨人を押し込む。

「まあまあ。この程度かしら？　おねえちゃんはカッチカチなのに！」

「ボス戦やんならデバフと状態異常からだろ」

小柄な女の子がワイルドハントの足元を駆け抜けた。

巨人の下へ滑り込んだ彼女の眼鏡がほのかに輝く。かわいらしいネコモデル。

ほっそりした両手にはほかの女の子の武器と比べて小さなダガーが握りしめられていた。

「スタンとマヒとスリップダメージだ。まとめて食らっとけ！」

ゲーマーっぽい言葉と共にワイルドハントへダガーを突き立てる。巨躯に対してはかすり傷にもならない攻撃だ。

しかし、ゲーマー少女はニタリとした。

「絡め取れ《グレイプニル》」

ネコモデルの眼鏡が明滅する。

それに合わせてワイルドハントの身体がビクリと震えた。

頭部の金属塊が放つ光がでたらめな点滅を繰り返し、全身が動きを止める。さらに金属塊の内側から火花が散り、黒煙が噴き出した。

「ハッキング成功」

若干の息切れをしつつもゲーマー少女はさらにもう一撃ダガーを放つ。

先端まで鮮やかな色に染めたツインテールがリボンと一緒に風で揺れ、ナチュラルどころじゃないしっかりメイクが映える。丁寧なケアで睫《まつげ》が立った目元、大きな瞳が眼下の敵をまっすぐに見据えていた。

ビルの屋上にいるのは狩人のような眼差《まなざ》しを持つギャルだ。彼女は膝立ちで巨大なクロスボウを構えている。

ツインテールのギャル少女は戦闘開始と同時にクロスボウから射出したワイヤーを使い、ビル壁面を駆けて最善の狙撃ポイントへ到達していた。きらきらとした瞳に映り込むのはワイルドハントの巨大な姿とその急所である装甲の隙間。

「ガチ好機到来じゃん！　マジ当たって、グングン！」

クロスボウ、グングン——《グングニル》が放たれた。

連射された矢が彼女に気づかず無防備なままのワイルドハントに突き立つ。大型の矢は頭部の同じ箇所に次々と着弾し、炸裂《さくれつ》した。

「てか、ガチめの風林火山。動くことマジ雷霆《らいてい》の如し」

ギャルの目は続けてワイルドハントのもうひとつの急所である関節部を見据える。

「汝《なんじ》は殺戮者《さつりくしゃ》。数多《あまた》の命を奪ったその行為、まぎれもなく悪鬼羅刹《らせつ》」

高らかと告げたのは後ろで結った黒髪をなびかせる少女だった。眼鏡の奥、凛《りん》とした瞳が睨《にら》みつける。

一切着崩していない制服のしわひとつないスカートを翻して彼女は疾駆する。その姿は黒髪の一筋からローファーの爪先《つまさき》まで完全無欠の委員長だった。

委員長がふた振りの刀を抜き、ワイルドハントへと迫る。

巨人が放った反撃の拳がアスファルトを軽々打ち砕く。しかし、それは彼女のポニーテールを軽やかになびかせただけだった。

「自分にはもはや躊躇《ちゅうちょ》も容赦もない。殺戮者よ、悪鬼よ」

眼鏡の奥の瞳が静かに燃えた。

「汝らには断罪あるのみ！」

両手に構えた二刀が走る。刃が赤熱する。

「傲慢《ごうまん》、憤怒！　汝が罪は我が咎《とが》にて裁く！　溶断焔刃《えんじん》《スルト》！」

燃え上がる刀《スルト》はワイルドハントが繰り出した腕を焼き、溶かし、そのまま切断した。

ビルにも匹敵するワイルドハントのさらに頭上にその女の子はいた。

彼女は大きすぎる槍《やり》に座っている。推進器を備えた槍は少女を乗せたまま空を飛んでいた。

「よ、よ、よーし」

おどおどした内気な様子の女の子は上空の風で肩までの髪を揺らしながら、ワイルドハントに向けて旋回し、降下を始める。

「だ、大丈夫。いけます」

大きく息を吸った内気少女のポケットから何か落ちた。

「あー！　後でチョコと合わせて割烹《かっぽう》しようと思ってたアーモンドー！　終わったら拾います！」

目尻に涙を浮かべながらもグーというお腹の音と共に決意する。

大槍の推進器が一際強い光を放った。

一転、内気少女の表情から動揺が消える。

「いきます」

静かに告げると空を行く大槍が加速する。

内気腹ぺこ少女は大きく身をひねり、座った状態から両手で槍を構えた状態へと姿勢を変える。

ワイルドハントが迎撃しようとするが、彼女は止まらない。

「割烹!!」

腹ぺこな叫びと共に突撃した内気少女は巨人の防御ごと巨躯を貫いた。

「おっけードンドンドーン！」

ゆりはビルの中、かつてオフィスだった部屋にいた。屈伸し、飛び跳ね、すでに準備運動はばっちりだ。

「じゃあ、みんなでやっつけようね！」

ゆりがいるオフィスはワイルドハントのちょうど上に位置している。

作戦を交わさなくても、ゆりにはみんながこの位置で敵を止めることがわかっていた。

だから戦いの最初からこの瞬間を待っていた。

手にした巨剣の重さなんて感じさせない身軽さで駆け出し、窓を突き破る。

「ドーン！」

真下にいるワイルドハントはゆりの仲間たちの攻撃ですでに満身創痍《そうい》だ。装甲が砕け、腕も落とされている。しかし、巨体ゆえにまだまだ動くことはできた。

「ドーンドーン！」

ゆりが巨剣を振り上げる。彼女の意思に応じて刀身から光の力場が噴き上がる。

「ドーンドーンドーン！」

目の前の敵を倒さなくてはいけないと、ゆりは思う。笑顔の内、心の奥底で彼女はワイルドハントに怒っていた。

何故現れたのか、どこからやってきたのか、何もわからない。機械を取り込み、兵器を取り込み、何の意思も見せずに、変な叫びを上げてただただ人間を消していく人の形だけ真似した機械。

ワイルドハントはゆりたちの世界を壊した。かけがえのない人たちを消した。そして今もほんの小さな「楽しい」を奪う。

ゆりの脳裏に焼きついているのは、いなくなった大切な人たち、そしてここにはいない少女の姿だった。

そんなのはもうイヤだよね。

大剣《ティルフィング》が長大な光の刃を作り出す。その光の飛沫《しぶき》は華にも似ていた。

「《ティルフィング》ドーン!!」

力任せに振るった一撃がワイルドハントを直撃する。

光の剣は傷ついた頭部を引き裂き、そのまま胴を割った。

ワイルドハントの巨躯が崩れ落ち、爆裂する。

軽やかに降り立ったゆりは爆風に金色の髪を乱しながらも、ほかの女の子たちのもとへ戻っていく。

駆け寄ってくる少女たち、大切な仲間。

「おつかれー!」

ゆりたちはパン! とハイタッチした。

そして、パーティをする。

以前と変わらぬ夜を迎えた街。街灯に照らされた明るい街中で、ゆりたちはカフェのオープンテラスに集まって楽しい声を上げていた。

テーブルの上には人が消えた世界には似つかわしくないお鍋。携帯コンロで調理されたそれがトマトと魚、チーズが入り交じった食欲そそる匂いを立てている。

「ドンドンドンおいしー！　ほんとおいしいよー！」

ゆりがドンドンぱくつく。

「割烹するなら、みんなで食べるならやっぱりお鍋ですよ！」

内気腹ぺこ少女がほっぺたを紅潮させる。

「トマトとチーズの組み合わせチートすぎるだろ。うっま」

ゲーマー少女が信じられないものを見るように目を丸くしている。

「あらあら。いっぱいいっぱい食べておっきくなってねー」

おねえちゃんがお鍋を大量にゲーマー少女によそおうとして、「取りすぎ！　自分でやるから！」と止められていた。

「てか、サバもガチじゃん。缶詰組み合わせて。トマトとサバがマジ如魚得水《魚の水を得たるが如し》って思わねーし。

お肌にも効いてきたんじゃね？」

　ギャルはうっとりしながらほぐした魚を口に運ぶ。

「ギルティだ。栄養素はそんなすぐに吸収されない。……だが、お昼がたいへんだったから、身に染みるな」

　委員長も眉を下げていた。

「えへへ。とにかく栄養たっぷりですよ」

　内気少女が心底おいしそうに食べる。

　ゆりは幸せそうな仲間たちを見回していく。自然と目を細めている。

「楽しいねー。ドンドン楽しい」

　目の前の幸せを噛《か》みしめ、胸の奥からの言葉を告げた。

「今日が楽しいし、今までもいーっぱい楽しいことあったね」

「楽しいことばっかりじゃねーが。こんな世界だぞ」

　ゲーマー少女が言うと、ほかの女の子たちは苦笑した。だけど、表情に曇りはない。

　人がいなくなった世界でゆりたちは笑っておしゃべりして鍋を囲む。ときどき戦うこともある。

「ドンドンドンって楽しいんだよ！」


　これはゆりたちの、ほんの小さな、だけど大事なお話。

自分一人しかいない街。誰もいない道を歩いて行く。

曲がり角からあの機械が姿を現すかもしれない。数秒先には自分は消されて何もなくなっているかもしれない。

何よりも、このまま先に進んでももう誰かに会うことはない。

昼下がりの太陽の下だけど、道の先にはよく晴れた絶望しかない。

それが怖くて、寂しくてしかたなかった。


「ん、割烹《かっぽう》……」

五十連割烹の夢から醒《さ》めて、お腹を一度ぐーと鳴らした後、内気割烹少女——れんげは重たい瞼《まぶた》を擦《こす》りながら周囲を見回す。

寝ぼけた頭のまま、今まで感じていた孤独や不安がないことを不思議に思い、それから周りで女の子たちが寝息を立てていることに気づいてようやく理解する。

れんげがいるのは仮の宿としているカフェのフロアだ。外におしゃれなオープンテラスがあるお店で、店内も落ち着いた内装にかわいらしい小物が飾られていて負けず劣らずすてきだった。

しかも、二階は居住スペースでお風呂まである。

人がいなくなった世界を転々としていくれんげたちにとっては、これ以上なく住みやすい場所だった。

ほとんど照明の消えたフロアでは、長ソファーに寝袋を敷く形で女の子たちが眠っている。パジャマ姿の彼女たちは安心しきった表情をしていた。

誰かがいる。穏やかで、孤独じゃない夜。

れんげは頬を綻《ほころ》ばせるともう一度目を閉じようとした。

不意にカフェのドアが軋んだ。

思わず声を上げそうになって口を塞ぐ。視線を入り口に向ける。

「……ドンドン、こっそりドンドン」

小声で呟きながら思い切り左右を警戒して首をブンブン振っている――これ以上なく不審な動きをしているゆりがいた。いつも着ている上着の下は、パジャマのままだ。

ゆりはほかの女の子が眠っているのを注意深く確認すると、そっとドアを開けて外へ出ていった。

とっさに寝ているふりをしてやり過ごしたれんげがぱっと身を起こす。

「ゆ、ゆりちゃん。どこに……？」

寝る前、ゆりは何も言っていなかった。用事があるとしても、お風呂も洗面所も必要なものはこのカフェに揃《そろ》っているので、外に出る必要はない。

人がいなくなったから、夜の街を女の子が一人で歩いても危険はない。ワイルドハントが近づいているという情報もない。

でも……一人は心配です。

誰か起こそうかと考える。だけど、みんな気持ちよさそうに眠っている。

れんげは身を起こすと、ゆりと同じくパジャマのままで上着を羽織った。ワイルドハントと戦うための武器アンドヴァリが姿を変えた小さな結晶も忘れずポケットに放り込む。

ソックスをはいて愛用のスニーカーに足を入れると、音を立てないように注意しながら店を出た。

カフェの外には夜の街が広がっている。

並ぶ街灯がカフェのある大通りを照らしていて、オープンテラスも店先も繁華街のように明るい。

れんげはごくりと息をのんだ。

ワイルドハントから逃げるために、一人で歩き続けた街の光景が蘇る。

明るさは孤独も恐怖も拭ってくれない。むしろ、光のもとにできる影が不安を形にしていく。

ワイルドハントがいる。服や靴のような消えてしまった人の痕跡《こんせき》がある。そんなことばかり考えてしまう。

昼の街は怖くて、夜の街は悲しい。

「ゆりちゃんを追いかけないと」

怯《おび》えそうになる心を首を振って追い払うと、れんげは歩き出した。

ときどき、小さな金属球のようなロボット——ラットとすれ違う。

掌大《てのひら》の身体にコミカルなひとつ目と、アンバランスな腕とタイヤを持つそれは『整備チュー』と、街の壊れた箇所を修理していた。

ワイルドハントと同じ時期に現れたが、害を為さない変なロボットに心の中で「いつもありがとう。何のためにいるのかわからないですけど」と告げつつ、ゆりが向かったほうへ通りを進んで行く。

交差点に差し掛かったが、金色の髪は見えない。

車も走っていないそこでは信号機が変わらず青と赤を繰り返していた。

れんげは足を止めてきょろきょろと周囲を窺《うかが》う。

「ゆりちゃんどこに……」

「れーんちゃん」

「ひゃふぁっ」

れんげの喉からおもしろい声が出た。

街路樹の陰からゆりが姿を見せる。髪が街灯の光の下で煌《きら》めいていた。いつもの輝くような笑みを浮かべて、ゆりは弾む足取りでれんげのもとへやってくる。

「えへへ。ドンドンバレちゃった？」

「あ、え、え、えっと。わ、わざとじゃないんです」

れんげが両手をブンブンと振り回す。

「割烹し放題の夢から目を醒ましたら、ゆりちゃんが出て行くのが見えて、ついていったらいけないかなーって思ったけど、やっぱり心配で、それで……」

れんげの顔が真っ赤になる。「ぷ、ぷしゅ……」と気絶寸前の声も出る。

「ドンドン!?　お、落ち着いて！」

ゆりがれんげの手をつかまえて、両手で包み込む。

「心配してくれて嬉しかったから。ついてきてるってわかったから、ここで待ってたの」

「え、え、えっと……」

両手を包み込まれたまま、れんげは目をぐるぐると回す。辛《かろ》うじて気絶はしていない。

ゆりは「あははは」と苦笑する。

「あのね。ときどきなんだけどね。眠れなくなることがあるの」

「ゆりちゃんが？　あんなにドンドンなのに？　あ、へ、変な意味じゃなくて」

「そう！　いつもはドンドン眠ってそうなわたしが！　実際よく寝る子なんだけど」

少しだけゆりの視線が逸れた。

「今日は眠れなくて。いろんなことがあったからか、さすがに緊張しちゃってるのか」

ゆりはもう一度れんげを見た。れんげの瞳にいつもの明るいゆりの顔が映り込んでいる。

「ねえ、れんちゃん。よかったらだけど」

ゆりは片方の手を離した。もう一方はれんげの右手を握ったままだ。

「わたしと一緒にドンドン冒険しちゃう？　夜の街」

悪戯《いたずら》っぽいウィンクと共に、ゆりは交差点の向こうを指差した。

街路樹が並ぶ知らない街の夜がそこにある。

悲しいだけの夜の街。だけど——。

「うん！　一緒に行きます！」

人見知りのれんげは迷うことなく返していた。

⁂　⁂　⁂　⁂　⁂

「ふーんふふふふーんドンドーン♪」

ゆりが鼻歌混じりに大通りを行く。道路を叩くブーツの足音もリズミカルだった。

その後をれんげが追いかける。

「れんちゃん！　どこに行こう！」

ゆりが振り返り大きく腕を広げた。

街灯の光の下で踊るような仕種《しぐさ》に金色の髪が舞う。

「きれい、です」

れんげは思わず呟いていた。

「だよね！　この街、夜もドンドンきれいなんだ。昼よりドンドンドンかも」

ゆりが目を細めて白い歯を見せる。

「う、うん」

ゆりがきれいだったと訂正しようとして、そんな風に見たことがバレたらめちゃくちゃ恥ずかしい！　絶対気絶する！　と、れんげは黙っていることにした。

「え、えっと。どこに行くかは……ゆりちゃんの行きたいところに行きたいです」

「ドンドン遠慮してるー？」

「う、ううん。あたし、この街のことはまだあまり知らなくて」

「あ、そっか！　ゴメンね」

ゆりが手を合わせる。

「じゃあ、わたしが案内するよ。オススメスポット！」

「は、はい！」

「おっけードンドン！」

ゆりがスキップする。自然とれんげの足取りも軽くなっていた。

夜の街はゆりが言うようにきれいだった。

街灯のきらきらとした光がショーウィンドウを照らし、飾られた服や装飾品を煌びやかに映し出す。

ゆりの影と街灯の影、それにれんげ自身の影も混じり合い、変化する絵画のようにも見えた。

雲のない夜空には暖かな色の月が輝き、澄んだ色の星々が共に瞬いている。

れんげは不思議に思う。

今までずっと悲しかった夜の街は今、きれいで楽しい場所だった。

「れんちゃん、こっちこっち」

いつの間にか先に行っていたゆりを追う。

一瞬見失った姿を捜せば、ゆりは公園にいた。

街中の小さな公園。会社員たちがちょっとした休憩に使う程度の、いくつかのベンチと、ささやかな遊具があるだけの小さな空間だ。

そんな公園の滑り台の上にゆりは立っていた。

「ゆ、ゆりちゃん」

「ドンドンドーン！」

そして、滑った。子ども用の滑り台を。

お尻をぽんぽん叩いて立ち上がると、目を輝かせてれんげを見る。

「大きくなってから突然滑り台で遊びたくなったこと、れんちゃんもない？」

「え、えっと」

「思ったことない」

「あ、あるかも……？」

「ドンドンやっちゃおう！　今なら滑り放題だよ！　高校生なのに滑り台使ってるーって、小学生に指を差されることもないよ！」

世界がこうなる前にやったことあるのかなー……と思いつつも、れんげは促されるまま滑り台に上る。意外と高い。

ゆりが「ドンドン！」と腕を上げて応援している。

「か、割烹！」

かけ声と共にれんげは滑った。

ほんの少しの浮遊感を覚えた時には滑り終えている。意外とお尻の摩擦が気になった。

「どうだった？」

ゆりがすぐ近くから覗《のぞ》き込んでくる。

れんげは首をかしげて少し考えた。

「うーん。意外と怖かったかもです」

「だよね！　ドンドンわかる！　高くてびっくりしちゃった。もう一回滑る？」

れんげは少しだけ考える。正直、思ったほどすごい滑り心地でもなかった。

「い、一回でいいです」

「ドンドンそれもわかるー！」

ゆりとれんげは顔を見合わせ、声を上げて笑った。

二人は公園を出て並んで歩いて行く。

「れんちゃんは世界がこうなっちゃう前、夜の街出歩いたことある？」

「うーん。記憶がないから、憶えてないです」

「そうだった！　ごめんね」

「う、ううん。ぜんぜん、ぜんぜんです！」

慌てて首を振る。

実際、れんげは記憶喪失だった。世界がこうなる前何をしていたのかも、世界がこうなった後のこともほとんど憶えていない。

ある日、誰もいない街でふと我に返ったような感覚だ。

だけど、常識や経験自体はなんとなく失われていない。ワイルドハントに人間が消されたことも理解できた。

何かのきっかけで一部の記憶だけが欠落しているのではないかと考えている。

「でも、たぶん、夜の外出ってあんまりしてなかったと思うんです」

れんげはもう一度夜を見据える。

「今すごく新鮮だから」

「えへへ。わたしも」

ゆりの瞳に街灯の光が落ちる。

「こんなふうに夜に出かけるのって、ドンドン大人になってからだって思ってたよ」

光をはらんだ眼差しがれんげを見る。

「……れんちゃん。わたしと大人になってみない？」

「ひゃふっ」

れんげが目を瞬《しばたた》かせる。続けてみるみるうちに真っ赤になっていく。

「まずは！　大人じゃないと行かないような、ちょっと危うそうな路地にドンドン入っちゃおうー！」

大通りから外れる細い道へとゆりが元気よく躍り込んでいく。

「お、大人ー？」

混乱しながられんげも勢いで続いた。

通りを外れると夜の街は別の顔を見せた。

街灯の数は少なく、ビルとビルの狭間にある道は狭い。周囲の壁も通りには出さない排気口や窓、パイプのような無骨なものが目立つ。人が消えてなお動いている機械の音が低く反響していた。

　雑居ビルがいくつも並んでいるせいで、路地裏の道は意外なほど長い。

「……ちょ、ちょっと怖いかも、ですね」

　何かが潜んでいそうな雰囲気は大通りの影とは違う、純粋な物陰の多さによるものだ。

　れんげはきょろきょろとしながらも足早にゆりを追う。

　そんな彼女の前でゆりが立ち止まっていた。

　背を向けたままで表情はわからない。彼女は何かを見てじっとしている。

「……ゆ、ゆりちゃん？」

「れんちゃーーーん！」

　振り向いた顔は半泣きだった。

「ど、どうしたんですか！」

「思ったよりドンドン怖いー！　怖いよー！」

「お、大人は!?　大人だから、危うい路地裏は平気なはずじゃ！」

「大人はドンドン早かったよー！　きゃあっ！」

　さらに怯えて後ずさる。

「れ、れんちゃん……！　なんか神社っぽいのがある！　たぶん異次元にドンドン繋がったりするやつだよ！」

「え、えっと……」

れんげが確かめればビルとビルの隙間に小さなお社《やしろ》のようなものがあった。

覗き込めば優しい顔のお地蔵さんが祀《まつ》られている。

「きっと、このお地蔵様がビルより先にここにあったんじゃないですか。だから、そのまま残っているとか」

言いながら、記憶がなくてもそんな知識は残ってるんだ……と、れんげはしみじみ思う。

「オバケが出るかもー！」

「そ、そんなこと言われたら、あたしも怖くなってきました！」

途端に路地裏の影に何か蠢《うごめ》いているように思えてしまう。

ワイルドハントのような形を持ったものではない何か。

一人ぼっちだった時には怯えることも忘れていたもの。

「れんちゃん、くっついていい？」

「は、はい」

れんげとゆりは身を寄せ合い、手を重ねて恐る恐る路地を進んでいく。

「オバケって、ドンドンいるのかな」

「こ、これ以上怖いこと言わないでくださいー！」

「でも、オバケがいるならホッとしない？」

「な、何がですか」

「消された人もまだここにいてくれるんだって。そう思うことができるから」

「それは……」

れんげは周囲に目をやる。

「姿は見えなくても、見守ってくれてるなら……嬉しいですね」

かつてはこの路地にも、さっきのお地蔵様の前にも、大通りにも、ビルの中にも確かに人は存在した。

それはそれとして、ラットが通り過ぎて二人は「きゃっ！」と思わず声を重ねる。

「やっぱり怖いものはドンドン怖いよー！」

「そ、そうですー！」

ゆりとれんげは必死に路地から駆け出た。

二人の前にあるのは開けた通りだった。雑居ビルを隔てて大通りと平行に延びる商店街だ。少し古い店が並ぶが、ここもかつては多くの人が行き交った場所なのだろう。

「えっとね。大人じゃないと行かない場所っていうのは、こっちが本命なんだよね。ドンドンこまでは遊びみたいなー？」

息を整えて目を逸らしつつ、ゆりが言う。

「そ、そうなんですか」

「そうだよ！　れんちゃん、こっちこっち」

言われるまま、れんげはゆりについていく。

「必要なものを探しに来てうろうろしてた時に見つけたんだよね」

ゆりがドアを開けて、れんげが続く。

「わぁ……」と、思わず声が出た。

黒と白を基調としたシンプルな装飾の店内だった。

カウンターには椅子が並び、数人がけのテーブル席もいくつかある。

ゆりたちが拠点としているカフェよりも小さなフロアとやけに落ち着いた店内。そして、カウンターの向こうに並ぶたくさんのお酒のボトルやグラスの数々。

「オシャレなバー。これこそドンドン大人」

ゆりはいつの間にかカウンター席に座り、流し目を送りながら「ふふふん」と鼻を鳴らした。

ただし、服装はパジャマと上着だ。

「これがバーなんですね！　見た記憶はあるけど、きっと漫画とか映画なんだと思います。すてきです！」

「かっこいいよねー。わたし、大人になったら、こういうところに来て、ドンドンかっこいい感じのことしたいんだよね」

ゆりはこれもまたいつの間にか手にしていたロックグラスを傾ける。匂いを嗅ぐような仕種を見せた。

「ふふ。いい香りだ。これはつまりドンドンいい香りだね」

それからロックグラスをカウンターに置いて、滑らせるふりだけする。

「あちらのお客様からドンドンです」

「お、大人です！」

れんげはゆりの大人ムーブに興奮しつつカウンターの向こうに入ってみる。

「お酒……調味料に使うと割烹の幅が広がります。お肉を柔らかくしたり、香りをつけたり……。大人になって飲むことができるようになれば、割烹と飲み物の組み合わせもたくさんです。

人、それをマリアージュと呼ぶ」

瓶を手に取って眺め、キッチンの調味料を興味深げに確認し、残っている保存食も探す。

「あ、前に来た時、保存食は持って行っちゃった」

「……そ、そうですか」

れんげのお腹が切ない音を立てた。

カウンターを挟む形のまま、二人は改めて並ぶボトルに目を向ける。

「お酒は長持ちするんだよね」

「そ、そうですね」

「じゃあ、わたしたちが大人になってからでもまだ飲むことはできるね」

ゆりは空のロックグラスを飲み干したかのように揺らす。

「れんちゃん。二十歳になったら一緒にお酒飲も」

「はい！　れんげもお酒に合う割烹を考えてます」

ゆりがカウンターに置いたロックグラスに、れんげは栓を開けないままでボトルを傾けてそそぐふりをした。

「ドンドン楽しみ」

ゆりの指先がグラスを撫《な》でた。

「ねえ、れんちゃん。帰る前にもうひとつだけ、行ってみたい場所があるんだ」

「れんげも行きます」

迷うことなく応えた。


エレベーターの照明は薄暗く、その代わりパープルやブルーの光がどことなくムーディーな雰囲気を醸し出していた。階層表示は二十階を超えている。

「高いビルですね」

「うん。このあたりだと一番大きいんじゃないかな」

ゆりに連れられてれんげがやってきたのは駅前にあるビルだった。レストランやアパレルショップなど複数の店舗に加えてオフィスも入った場所らしい。エレベーターの中にはかつて賑わっただろう店舗の情報が写真と共に載っている。

二人は最上階でエレベーターを降りる。

人のいないビル内だが、落ち着いた雰囲気の照明はそのままだった。

先ほどのバーに負けずとも劣らないほど大人向けのレストランが並ぶ。

「ここですか？」

「ううん」と、ゆりは唇の端を上げた不敵な表情を見せる。

「ドンドン上」

天井を指差して、階段へ向かう。

「エレベーターはこの階までなんですね」

「そうみたいだね。多分、この階段で屋上に出ることができると思うよ」

客が使うことを想定されていない階段は、ここまでのエントランスやエレベーターとは違い、やけに簡素に見えた。

数階分、階段で上がっていく。二人の足音だけが淡々と響く。

「ゆりちゃん、ここにはよく来るんですか？」

「ううん。実は初めて」

えへへ、とゆりが返す。

「下までは何度も来たんだけど……。人のいないビルってドンドン怖くない？　しかも、エレベーターもあるんだよ！」

「確かに怖いです……。オバケ出そう」

エントランスもエレベーターも一人ぼっちだった場合を想像して、れんげは思わず身震いした。

階段が途切れ、ゆりが目の前の鉄扉を開ける。

気持ちいい夜風と共に、れんげたちの目の前に光が広がった。

「わぁ」と、れんげだけではなく、ゆりも声を漏らす。

客が入ることを想定されていないビルの屋上には最低限の落下防止柵があるだけで視界を遮るものはほとんどない。

ゆりとれんげの前には一面の夜空が、眼下には街の夜景が広がっている。

人が消えて空気の汚れが減った夜空は以前よりも明るく、月も星もくっきりとしている。

星の海の下にある夜景は人が作り上げた星々だ。

「ドンドンきれい」

ゆりがぽつりと言う。

屋上の端へ歩み出したゆりの表情はれんげから見えない。

「わたしね。夜景って好きなんだ。帰るのが遅くなった日に学校から見た家の光。冬の夕暮れに電車の中から眺めた行ったことない街の光。家族で出かけた帰りに、高速道路から見た都心の光」

その声はいつもと同じように明るい。

「街の光のひとつひとつに誰かがいて、たくさんの幸せがあるんだって考えるのがドンドン好きだったんだ」

ゆりは夜景を見詰めたまま首を横に振る。

「今はもう誰もいないけど。ただ光が残っているだけなんだけど」

呟いた背中は何も変わらないはずが、やけに寂しげだった。

「ゆりちゃん！」

れんげの声にゆりが振り向く。金色の髪の輝きが夜空の星と共に流れた。

彼女は笑っていた。とびっきりの笑顔にさっき垣間《かいまみ》見えた寂しさはもうない。

「来て、れんちゃん」

言われるまま、れんげはゆりの隣に並ぶ。

人の営みが喪《うしな》われた街の光の中、その中にあるほのかな輝きをゆりが指差す。

「みんなのカフェです！」

「ドンドンそう！」

オープンテラスのあるカフェはビルの屋上からでもわかりやすい。みんなが眠りに落ちても窓からはうっすらとした明かりが見える。ほかの家々の明かりよりも弱くても、確かにそこには大事な人たちがいた。

「世界がこうなって、大好きだった夜景が変わっちゃった。でも、みんながいる場所を外から見たら、わたしの好きな夜景はまだあるんだって思うことができるかなって」

ゆりの目尻がかすかに光る。涙のしずくがビルからこぼれて星と街の光に混じる。

「大切なみんな。友達になることはできないけど」

れんげが初めて会った時、ゆりは「友達にはなれない」と言った。友達がいなくなってしまうと寂しい。だから彼女はそう決めている。それでもみんなが大切な仲間なのは間違いなかった。

「大切な人がいて、帰る場所があるって。すっごくドンドンドンドンだね！」

「うん！　ゆりちゃん！　れんげもドンドンドンです！」

二人の肩が重なる。

「確かめたかったんだ。れんちゃん、ありがとう」

「ううん。れんげもです」

ひとりぼっちの街も、夜も寂しくて怖かった。

だけど、今はみんながいるんだとれんげもまた実感できた。

ゆりとれんげは何も言わず、仲間たちのかすかな輝きを見詰める。

長い時間が過ぎる——かに思えたが、夜風に揺れた髪がゆりの鼻先を擽《くすぐ》り、「くしゅん」とくしゃ

みがこぼれた。

揃って思わず噴き出す。

「そろそろ帰らないと。前にドンドン遅くなって。あっちゃんにドンドンドンドンって怒られたんだよね……」

「そ、それは急がないとです」

ゆりはまだ少し見ていたいという様子ながら階段のほうへ向かおうとする。

「あ！　ゆりちゃん。れんげもやりたいことができました！」

れんげはポンと手を叩く。

「うん。ドンドンしよ！　何しちゃう？」

「え、えっと……。じゃ、じゃあ……アンドヴァリ・エクステンド」

ポケットから取り出した結晶を振り回し、起動の言葉を口にする。

ワイルドハントの残骸が姿を変えた、ワイルドハントを倒すための武器アンドヴァリが輝きの中から姿を見せる。

れんげの手が握りしめるのは彼女自身よりも大きな槍だ。

「ゆりちゃん、乗ってください！　これでショートカットして帰ります」

「ドンドンすごい！　うん！」

れんげが槍に跨《また》がり、ゆりがその背に身を寄せる。

推進器が光を放ち、れんげの大槍は夜空へ舞い上がった。

二人はビルの屋上から星と街の輝きへと滑り出す。

目に映るすべてが星のようだった。

「ドンドンドンのドンドンドンドンだよ！　こんなの忘れられない！」

「れんげもです！　れんげも絶対忘れません！」

無数の光の中、ささやかな、だけど大切な光に向かってれんげとゆりは進んでいく。

槍のアンドヴァリの上、身を寄せ合う二人は互いのぬくもりと息づかいを確かに感じていた。

# 第二章……マジいずれ菖蒲《あやめ》か杜若《かきつばた》

もう一度前のように話したい。だけど時間は人を変えてしまう。何もかも前とは違う。何を話せばいいのかがわからない。

世界から人が消えたから、話さなければいけなくなったから話すことができた。それはとても幸福なことだった。

それでも彼女たちは何をどう話せばいいのかはわからないまま。


ちょっとした公園よりもはるかに広いスペースに多くの陳列棚が並ぶ。壁面には食肉コーナー、魚介コーナー、揚げ物などの惣菜コーナーが連なっていた。それぞれのコーナーに掲げられた看板も値札もそのままだが、商品自体はすでに棚から姿を消していた。

人が消えた後の食品売り場の光景だった。

ショッピングモールに併設され、多くの人で賑わった場所に、今響くのはラットによって稼働を維持された什器《じゅうき》の音だけだ。

そこにふたつの足音が入り込んでくる。

「ギルティだ。やはりこのあたりに食べられそうなものはないか」

眼鏡の下、鋭い眼差しで油断なく周囲を睨《にら》む。

ぴんと伸びた背筋と着崩すことなく几帳面《きちょうめん》にしわを除いた制服、リボンで束ねた黒髪のポニーテールが印象的な少女だ。

委員長——あやめは並ぶ陳列什器をひとつひとつ念入りに確かめていく。

「それなー。てか、生もの残ってたらマジ困っけどさ」

応えたのは委員長とはある意味対照的な女の子。

鮮やかに染めたツインテールに、緩い着こなしの制服と短いスカートをひらひら揺らす。よくよく見れば、ネイルの手入れもメイクも完璧なギャル——さざんかがきょろきょろと落ち着きなく、あっちに行ったりこっちに行ったりしながら応える。

「傷んだものはラットが片付けるからな。ありがたいと言っていいものかは迷うが」

『掃除チュー』

小型ロボットのラットが複数、掌大の身体をゆらゆらさせて駆けていく。

世界から人がいなくなり、消費されないままになっていた生鮮食品をラットが掃除しているのを、あやめもさざんかも見たことがある。

陳列棚にはやはりその痕跡《こんせき》はない。埃《ほこり》ひとつなく磨かれた新品のような什器が残っているだけだ。

「もとより自分たちが探しに来たのは保存食だ。まだ人がたくさん残っていた時期に、ほとんど持ち去られてしまっているだろうが」

「ガチ穴場にはけっこう残ってるし。ここもマジあればいいんだけど」

「今回の分担は自分たちが食料調達担当だ。しっかりこなすぞ」

「おけまるじゃん、いいんちょー！　マジお菓子あっかなー」

「それはギルティだ。ちゃんとした保存食を探せ。あと、いつも言ってるが自分は委員長じゃない」

「でもお菓子保存利くじゃん。それにいいんちょーとキャンプ行った時、マジいっぱいお菓子食べたし」

「だから、委員長じゃない。それにキャンプは子どもの頃の話だろ。それはギルティだ」

「うちといいんちょーの想い出、ギルティなん？」

「む……えっと。お菓子ばっかり食べるとお肌に悪いんじゃないか？」

「それな！　マジわかるー。あんま食べすぎねーようにせんと」

「いや、そうじゃなくて」

止める間もなく、さざんかはうろうろお菓子売り場に行ってしまう。

ため息と「ギルティ」をひとつこぼすと、あやめは店内表示を頼りに缶詰や乾麺など保存の利く食べ物のコーナーに向かう。

お菓子といえども貴重な食料には違いない……と、ひとまず納得はしておいた。

「よかった。ここはアタリだ」

棚には缶詰やインスタントラーメンが残っている。レトルト食品のコーナーにも多くの商品があった。

用意していた鞄《かばん》にそれらを詰めていく。パッケージの大きさに対して中身が多い缶詰やレトルトパウチを中心に選ぶが、非効率でもただ食べたいだけのものを混ぜておく。同じものばかりを選ばないようにもする。日々の食事の飽きを避けるコツだった。

保存食でいっぱいになった鞄を担ぐ。

「ありがたい収穫だが、素直には喜べないか」

食べ物が残っているということは、この周囲に生き残った人間がいないということだ。人が消えてしまうのもきっと早かった。

ワイルドハントの襲撃からしばらく生き延びた人たちがいた場所は、ほとんどの場合、食料品売り場が空になっていた。

ここではない場所。何もない食品売り場と、上階に散乱した服や靴。そちらに残された保存食の数々が脳裏をよぎる。

「意志薄弱はギルティだ。今やるべきは想いにふけることじゃない」

まとわりつく記憶を振り払い、あやめはさざんかが向かったほうに足を向ける。

お菓子のコーナーにも商品はたくさん残っていた。より向こう、ドリンクコーナーも商品は豊富だ。

「さざんか。終わったか？」

問いながら売り場に視線を巡らせる。

ラットと什器以外に見えるものはなく、聞こえる音も同じだった。

「さざんか」

もう一度名前を呼び、棚の間に姿を捜す。

しかし、目立つ髪色は見えず、賑やかな足音も聞こえない。返事もない。

あやめの背を冷たいものが走る。

ショッピングモールに入る前に周囲の偵察は行っている。だが、初めて探索する場所だから見落としはあるかもしれない。天井が高い建物ならワイルドハントが潜んでいる可能性も捨てきれない。

心の内に押し戻した記憶が再び頭をもたげる。残された衣服と手つかずの缶詰。

「さざんか！」

あやめは声を上げていた。

ワイルドハントが人間を認識する方法のひとつが音だということは確定している。リスクはわかっていたが、あやめはかまわず叫ぶ。

「さざんか！　どこにいる！　返事をしろ！」

死角になる場所にいるかもしれないと食品売り場を走る。

雑貨コーナーや洗剤コーナーにも姿はない。

血の気が引き。嫌な汗が噴き出す。名前を呼ぶ声に震えが混じる。

「さざんか!!」

「マジどしたん、いいんちょー?」

あやめは滑って転びそうになった。

売り場の外、レジの向こうからさざんかがひょっこりと顔を出した。鮮やかなツインテールはのんきにひらひらしている。

「な……。何故そっちにいる!」

「あ、ゴメ。こっちにガチかわいい服見えて」

「ふ、服……! ギ、ギ、ギ……!」

あやめは荷物を下ろすとつかつかと歩み寄る。

目を瞬かせているさざんかの前に迫ると思い切り声を荒らげていた。

「ギルティだ!! それはギルティだ! 汝《なんじ》が犯せし罪、それは怠惰。それは……その、ふざけるな! 自分は今、憤怒の罪を犯しているが!! 憤怒はつまり怒っている!」

「声ガチでかっ! いいんちょーマジ落ち着くし――」

「落ち着いていられるか! 自分たちが危険の中にいることを理解しろ! 自分が見ていない間に、さざんかがあいつらに出くわしていたら、助けが間に合わなかったら、消されてしまっていたら……」

あやめは一瞬だけ眼鏡を外して顔を背けて、目元を拭う。

「それはギルティだ。そんな罪背負いきれない。贖罪《しょくざい》すらできない！」

「あ……ゴメン。マジゴメン……」

その時になってあやめは気づいた。

いつも溌剌《はつらつ》としているさざんかの声がやけに弱々しい。

我に返って視線を戻せば、さざんかの瞳からぼろぼろと涙がこぼれた。

「え、あ……。ま、待ってくれ。自分は、そんなにきつく言うつもりは……」

さざんかの頬を次々と流れ落ちる滴がセーターの胸元に落ちて弾かれ、スカートを濡らした。

「違うし。マジ違うし。いいんちょー悪くねーし。今の、悪いのは全部うちだから」

さざんかが立ち尽くしたままで続ける。

「いや、自分の言葉がきつすぎたんだ」

「違うって！　マジ違う！」

さざんかは激しく首を振る。ツインテールが乱れる。

「いいんちょーが怒ったのマジわかる。うちもあったから。ガチで後悔してっけど、後からじゃもう何もできねーのわかってるから……」

「さざんか……」

あやめは迷いつつさざんかの肩に手を置く。

華奢《きゃしゃ》な身体はかすかに震えていた。あやめは自身の指先にも同じ震えがあることに気づく。

「ちょっと座ろう」

さざんかを促し、あやめはドリンクコーナーから缶コーヒーを取ってきた。

「うち、ブラックがいい」

「注文はするのか」

あやめは口にこそ出さなかったが、『しかも、ブラックを飲むのか。なんとかフラペなんとかじゃないのか』とも思った。なんとかフラペなんとかのことはあまりわかっていないが。

わざわざ取りに戻って、さざんかにブラックコーヒーを渡し、あやめ自身も苦手なブラックを手にして彼女の隣に座る。

二人は缶を開けて口をつけた。さざんかは深く息をつき、落ち着きを取り戻す。あやめは心底苦そうな表情を見せないようにほんの少しだけ顔をしかめた。

二人は何も言わないままコーヒーを口に運ぶ。

あやめは言葉をかけたかったが、何も思いつかないままだった。

気まずい沈黙が降りたまま、缶コーヒーがほとんどなくなる。

「……うちがゆりちゃやいいんちょーと合流する前」

ようやく落ち着いた様子のさざんかがぽつりと言った。

「友達何人かと一緒だったんだよね」

「その話、少しだけ聞いたことはあるな」

さざんかは頷《うなず》く。

あやめたちと合流した時、さざんかは状況を話した。その時、あやめもゆりも詳しい経緯は聞かなかった。それは大事な人を喪《うしな》った者への気遣いだ。

「あの時、うちはもう《グングニル》《グングン》持ってたからさ。マジでうちがやるしかねーって。マジ護《まも》んなきゃって。ワイルドハントをマジのガチでやっつけてさ」

さざんかは遠くに目をやった。

疲れや寝不足で肌を痛めることをいつも気にしている彼女は今どうしようもなく疲れた顔をしていた。

「戻ったらいなかったし。マジお気に入りだって、ガチで大事にするって言ってた服もバッグも、バイト代全部使ったってコスメも置いて」

あやめは何も言わずに聞いていた。

「ズッ友だったのに。マジ大事だったのに。一緒の写真入ってたスマホもなくしてさ。最後みてーなこと何も言えないままで。言わせろよ、ガチでドラマみてーなお別れの言葉」

あっ、ヤバ！　とさざんかは口元を押さえる。

「マジ違うって！　そういうのじゃなくてさ。だから、いいんちょーが怒ったの、マジでわかるって。うちがいいんちょーに同じような心配させてマジどーすんだって。そういう話。マジガチごめん！」

ささんかが両手を合わせて深く頭を下げて詫《わ》びた。ツインテールがしょんぼりと垂れている。

あやめは首を横に振る。

「いや。やはり自分の言葉が強すぎた。こちらこそギルティだ。わかってくれればそれだけでいいんだ」

あやめが立ち上がって手を差し伸べる。

「どこか行きたい場所があるなら言ってくれ。自分も一緒に行く」

「い、いいんちょー！　マジ一蓮托生《いちれんたくしょう》じゃん。いいんちょー！」

思わず抱きつこうとしたささんかを、あやめはひらりとかわした。

「そういうのはギルティだ」

言いつつ、先ほどささんかが現れたほうへ目をやる。

「それで、服だったか。どういうのを見つけたんだ？」

「それな！　ガチかわいい服残ってんのが見えて、ちょっとだけ見てみっかなーって……あ」

ささんかは悪戯が見つかった子どものような顔をする。

あやめは「ギルティ」と言おうとするのをやめて苦笑した。

「合流まで少し余裕もある。服を選びに行くか？」

「え、マジ!?　ガチ盲亀《もうき》の浮木《ふぼく》、優曇華《うどんげ》の花じゃん！」

「なんだかわからないが、すごく珍しいという類いの言葉だろ。失礼だな！」

⁂

「じゃあ、うち見てくっから！　何かあったらマジすぐ声出すし！」

「ああ。自分もそうする」

一目でわかるほどはしゃいださざんかが色とりどりの服が並ぶ店に駆け込んでいく。

あやめはそれを見送り、思わず頬を緩めた。

食料品売り場から程近いその一角はショッピングモールのアパレルショップが集まっている場所だった。

ここも世界が変わる前のままだ。店ごとに個性豊かな服が店頭に飾られたままでいる。ラットが手入れをしているのか、服に埃が積もっていることもなかったが、季節が移り変わっても、マネキンたちは同じ服を着続けている。

さざんかと違い、あやめにトレンドはわからない。だが、人並みに興味はあった。

さざんかが入っていったショップとは別の店に目が引き寄せられる。

「自分は……こちらのほうが好みか」

かわいらしさよりもクールさが強調されたブランドを扱う店舗だ。

店頭のマネキンは飾り気なく落ち着いた色合いのジャケットにショートパンツ姿だ。シルバーのアクセサリーがところどころにアクセントとして効いている。

「結局、こういう服はほとんど着たことがなかったな」

好みの服でも自分に似合うという自信がない。

ちょっとしたアクセサリーを着けたい気持ちはあったが、いつも着ているシャツやパンツには合わない気がしたし、校則違反になるから学校にも着けていけない。そもそも、クラスでは目立たない立ち位置だった自分が着けるのはおかしいとも思っていた。

オシャレはさざんかのような女の子がするものだ。

そんなことを考えていると、

「いいんちょー！　これガチでいいんちょーに似合うから、マジ早く着て！」

服を一式抱えたさざんかが息を切らせて戻ってきた。

「はぁ!?　自分の、こちらの服を探してどうする。さざんかが着るものを選べ」

「てか、いいんちょーにガチ似合うの見つけたし。うちの服なんて後でいーじゃん！」

「何故だ!?　い、いや。きっとサイズが合わない！」

「いいんちょーのこといっつも見てっから、サイズぐらいガチでわかるし」

「それはなんだか怖いが！」

さざんかが両手に抱えた服を差し出す。

黒を基調とした服は、畳んだ状態でもフリルで彩られたかわいいデザインなのがわかる。

「これはギルティだ！　こんなフリフリしたもの、自分に似合うわけないだろ！」

「浮世はマジ衣装七分《いしょうしちぶ》だし、いけるって！」

「それは評価は外見がほとんどって話だろ！　釈然としない！」

「試着室はこっちな。うちがちゃんと見張ってっから！　アンドヴァリ・エクステンド！」

服を押しつけて、大弓《グングニル》を呼び出す。狩人のような眼差しが油断なく周囲に向けられた。

「う、うーん……」

アパレルショップを護って立つさざんかの勢いに負けて、あやめは困惑したまま試着室に入る。

着慣れた制服を脱ぎ、さざんかが用意した服を見て「えー！」「いや。これは」「ギルティだ」「しかし、贖罪……」とブツブツ言いながらも着替えていく。

しばらくして、あやめが試着室のカーテンを開ければ、声をかけるまでもなく凄《すさ》まじい反応速度でさざんかが振り返った。

「ガチじゃん……」

さざんかはうめいた。

「……っ！」

あやめは唇を噛み、声にならない声を上げる。白い肌は耳まで赤い。眼鏡の下の瞳は恥ずかしさで潤んでいた。

着ているのはワンピースドレス。黒を基調としているが、ところどころがフリルやリボンで彩られている。しかし、そこにミリタリー風のぱりっとしたデザインと先ほどあやめが見ていたようなシルバーのアクセサリーが添えられている。畳んだ状態ではわからなかったが、可憐さと凛々《りり》しさが共にあしらわれたデザインだった。

「こういうふうに着るのが正解なのかも自信がない……」

趣味の一環でドレスの資料を読んだことがあってよかった、とはこっそり思っていた。

さざんかが《グングニル》を取り落とす。派手な音が鳴り響いたが、二人はそんなこと気にしていない。あやめは余裕がなく、さざんかは目を丸くしていた。

「ほら、やっぱり似合わな――」

「ガチ容姿端麗！　マジ才色兼備！　ガチでマジに」

さざんかが駆け寄る。その目がきらきらと輝いている。

「な、なんだ　お、落ち着いて！」

「はーー！　マジで一笑千金だしガチの仙姿玉質《せんしぎょくしつ》じゃん」

さざんかがツインテールを振り乱す。

「もうなんだかよくわからないが、褒めてる感じの言葉はギルティだ！　恥ずかしい！」

「でも、マジで似合ってるし！　うち、こういうのずっといいんちょーに似合うって思ってたから。やっぱ似合うって！　ガチでかわいいところに、マジのかっこよさ入ってるやつ」

「ああ、もう……」

あやめは口元を覆うが、真っ赤になった顔は隠すことができない。

「じ、自分も……鏡を見てちょっといいなって……。ギルティだが、そんなことは思ってしまったじゃないか……」

あやめはクールなデザインが好きだが、かわいいデザインが嫌いというわけでもない。さざんかが選んだこのワンピースドレスはかわいさの中に、あやめが好むクールな意匠が絶妙の形で入っていた。

さすがとしか言いようがなかった。

自分には似合わないと口にしながらも、自分自身の理想に近いコーディネートに思わず顔が綻んでしまう。

「あー、もう！　ギルティだ」

あやめは吼《ほ》えた。ちょっと錯乱しているという自覚はあったが止まることができなかった。

「我と汝を繋ぐは断ち切れぬ因果の鎖！　自分だけこんな恥ずかしい想いをしてたまるか！」

「い、いいんちょ？」

「ちょっと待っていろ！」

その行動はまさしくマジ疾風迅雷だった。

目をつけていたショップに飛び込み、候補としていた服を確認する。その上でさざんかの身体に程よく合うものを選んでいく。

射貫くような眼光も、ムダを削《そ》ぎ落とした足運びも、服のサイズを確かめる時の指の動きも、すべてが《スルト》を振るう時に匹敵する精度を発揮している。

店舗に突入して二分と四十五秒であやめはさざんかのもとに戻ってきた。

「てか、ガチ速っ！」

「おそらくサイズに間違いはないが、念のため前後のサイズも持ってきた」

「いいんちょー、うちのサイズ、マジ把握してんの？」

「自分のサイズからの逆算だが？」

口にこそ出さないが、あやめもまたさざんかのことをいつも見ていて、冷静かつ的確にその身体のサイズを見極めている。

さざんかはもはや服を受け取るしかない。

「さあ、見せてみろ。汝がまとう偽りの神衣。楽園を追放されし、人類の堕落の証を。サイズが合わなければ声をかけてくれ。あと、ここは自分が護り抜く！」

あやめはアンドヴァリの結晶をかざし、愛刀《スルト》を展開する。

ふた振りのうち、ひと振りを腰に、もうひと振りを握りしめ床に突き立てる。

漆黒のドレスワンピースを着て、刀を手にしたあやめが試着室の守護者として立つ。

「え、えっと……りょ」

勢いに押されて、さざんかも試着室に入る。

しばらくごそごそした後、着替え終えた彼女が恐る恐る顔を出す。

「いいんちょー、とりあえず着てみたけど、うちにはマジちょっと……」

あやめの反応速度が最速を更新した。

振り返った彼女の瞳、眼鏡の奥で燃え上がるのは《スルト》が放つ炎よりも赤々とした焔……のような気がする。それほどの気迫が満ちている。

先ほどのさざんか同様に肉薄したあやめは、至近距離からさざんかの全身を端から端まで見詰めていく。

「い、いいんちょー」

思わず自身を抱こうとするさざんかはスーツに身を包んでいた。スーツの黒とブラウスの白はどことなくあやめのドレスと似た配色だった。モノトーンのコーディネートの中、レッドのネクタイが鮮烈な印象を放つ。

あやめが見定めたタイトなスーツはさざんかにフィットし、スレンダーな身体のラインを上品に強調していた。

「あのさ。うち、こういう服、マジ初めてでどうしたらいいか……」

「まず試着室から出る。そして、恥ずかしがるのをやめて自然体で立つんだ。そう、その形だ。だが、今は笑顔よりも真剣な表情がいい。それからあごを引いて、斜め四十五度、こちらに視線をくれ。それだ……！　いいぞ……いいぞ、さざんか！」

「マジ注文多いし！」

「自分が思い描いていたとおりだ。さざんかのかわいらしさには、異質なクールさ、シックな色合いがよく似合う」

「ガチで思い描いてたん？」

「汝、純情可憐にして眉目秀麗！」

「てか、言われる側になるとマジヤベーし！」

「まだ終わりじゃない。さざんか、続いてくれ」

「お、おけまる？」

言われるままにショップを出てついていけば、エスカレーター前に大きな鏡となっている場所があった。

「今、自分たちのファッションは対極の組み合わせになっている。並び立てば絵になるはずだ。武器《アンドヴァリ》も持とう！」

「そうなん？」

困惑しつつもさざんかは取り落としたままの《グングニル》を拾ってきた。

二人は大鏡の前でポーズを取る。

まっすぐに立ち、真剣な表情で視線を流し、続けて武器を構えて笑顔を作る。

恥ずかしがっていたさざんかも勢いでノリノリになっていた。

「次は背中合わせでやってみよう」

あやめとさざんかは背を合わせて立つ。

黒髪に生真面目な顔立ちとドレス姿のあやめと、鮮やかな髪色に奔放な表情をしてスーツで固めたさざんかは一対の存在、二人でひとつだった。

「さざんかは美しい。自分はさざんかが選んだドレスをまとい、あやめの名を持つ。傲慢《ごうまん》を承知で言えば、今この瞬間のみ、自分たちはいずれ菖蒲《あやめ》か杜若《かきつばた》……と言っていいのかもしれない」

「マジどっちもきれいで甲乙つけがたいってやつじゃん。……むしろ、いいんちょーと並ぶと、うちのほうが恥ずかしいし」

「正直、ついうまいこと言ってしまった感はある」

はにかみ、弾みで二人の背と背がかすかに触れる。

笑みを含んだ二人の視線が絡み合う。

「……てかさ、いいんちょー。こういうのガチうめーし。モデルじゃん。マジ練習しねーとできねーやつだからマジすげー」

その言葉はあやめにとって頭から冷や水を浴びせられたかのような衝撃だった。

「……っ」

さざんかの一言は極めて的確にあやめの正気を取り戻した。

我に返れば、鏡の前で着慣れないドレス姿でいい感じのポーズと表情をキメている。

あやめがやけに慣れているのは、世界がこうなってしまう前、逃れえぬ罪と断罪の物語『ギルティ＝ダーク』のポーズを鏡の前で散々真似ていたからだ。

あやめは再び耳までを真っ赤にしながらも平静を装い、さざんかから背中を離した。

さざんかもまたポーズを解く。

あやめはできるだけさりげなく顔を背けつつ、口を開く。

「じ、じ、じ、自分のポーズがうまいわけじゃない。汝と我の道はかつて交わり、やがて違《たが》え、ここに再び交差した。付き合いの長さで、自分もさざんかのことをわかっている……ということか」

やや早口で語る。

「あはは。うちもいいんちょーのことマジわかってるとい一んだけど」

「少なくとも……服のサイズはよくわかってるだろ」

数歩離れて二人は口を閉じる。

あやめはまだ赤い顔で天井を仰ぎ、さざんかはうつむきツインテールの端を弄《いじ》る。

ほんの少しの沈黙が二人の間に訪れる。

「さざんか。さっきの話に戻るが」

あやめが手にした《スルト》の切っ先が床に触れて心地よい音を立てた。

「自分には《スルト》がある。断罪の焔刃がここにある限り、そう簡単に消されたりしない」

「いいんちょー」

振り向くさざんかをあやめは空いた手で制した。

「だから、自分は委員長じゃない」

二人は表情を緩め――。

「あっちゃん、さっちゃん！　たいへん！　ワイルドハント！　建物の中に入ってきて」

慌ててゆりが駆け込んできた。手にはすでに《ティルフィング》の刃が鈍く光る。

そして、彼女は着飾ったあやめとさざんかを見て、目を瞬かせて、

「かわいい！　ドンドンかわいい！」

「こ、これは！　違うんだ、そういうのじゃないんだ。自分たちは食料集めをサボって着替えを楽しんだりポーズをキメたりしていたわけじゃないんだ。これはあれだそのもし戦闘で服が破れた場合には代わりの服が必要になるが、どのような服であればその役割を果たせるのかその実証実験をしていただけで自分たちの好みなど一切入ってはいなくてだな」

「ドンドンかわいいね」

あやめは一瞬無言になり、今までで一番真っ赤になり、瞳を潤ませ、それから《スルト》の二刀を抜き放った。赤熱化した刃がそのまま断罪の焔すら噴き上げる。

「そんなことはどうでもいい！　ワイルドハントはどこだ！　今すぐ断罪だ！　いくぞ、さざんか、ゆり！」

「お、おけまる！」

「ドンドン？」

あやめが凄まじい勢いで飛び出し、さざんかがそれに続く。二人はゆりが来た方向、ショッピングモール内の広場に向かって突き進む。

「ま、待って！」

ワンテンポ遅れてゆりがようやく走り出した。

そして、十数秒走った後でゆりは見た。

彼女を大きく引き離し、敵と接触したあやめとさざんかがそのコンビネーションでワイルドハントを一気に破壊する姿を。

ボリュームあるスカートをふわりと揺らしたあやめの焔刀がワイルドハントを溶断し、スーツ姿のさざんかが吹き抜け構造の広場を縦横無尽に跳び回り、機械の巨人を情け容赦なく貫いていく。

「ドンドンドンかわいいよ」

二人の連携は間違いなく過去最速で過去最強だったが、戦闘後に駆けつけた仲間に対するあやめの早口も過去最速最多を記録した。

特に取り決めの言葉を交わしたわけではないが、あやめもさざんかもお互いあの服を傷つけないように荷物の奥底に大事にしまい込んだままでいる。

世界から人が消える前から、二人はずっと一緒だった。同じ部屋にいた。外に出なくても望むものはなんでもあった。いつか終わりが来るとしても、それはすぐではなかった。だから先送りにすればいいと思っていた。

部屋の中で手に入らないものは、外の世界にももうなくなっているのだから。

雨風を防ぐ楕円型の屋根の下、多くの商店が並んでいる。その中には看板を外しシャッターを下ろした店も目立っていた。

いわゆるアーケード商店街。昭和という時代の空気をわずかに残した場所を、二人の女の子が歩いて行く。

「あらあら、なんだか懐かしい気持ちになるわね。おねえちゃんこういうの大好き」

嬉しそうにきょろきょろとしているのは、ふわりとした髪の女の子。おねえちゃん――えりかだ。

長身の彼女は荷物をたくさん抱えているにもかかわらず、しっかりした足取りで先へ進む。頑丈なブーツが頼もしい音を立てる。

「ひな的に昭和レトロみてーなの懐かしむ趣味はねーんだが」

えりかの隣を歩くのは、眼鏡の女の子。ゲーマー少女――ひなげしだ。

ほっそりした身体に外套《がいとう》のような上着を羽織った姿は小柄な印象をより強くする。昭和感に文句を言いつつ、ネコモデルの眼鏡の下で、瞳は周囲を注意深く見ていた。

「でも、ひなちゃん。おねえちゃんとお家にいた時、昭和みたいなゲーム、ピコピコしてなかった?」

「ピコピコって……。えり姉、脳が昭和かよ。あれはレトロ風のゲーム。今の技術でドット絵を描いてるやつだからぜんぜん昭和じゃねーよ。まあ、本物のレトロゲーも嫌いじゃないが」

「あ! ひなちゃん! 喫茶店があるわ! クリームソーダって書いてる!」

「話の途中ー! クリームソーダって書いてても人がいねーから注文できねーよ!」

長身のえりかと、小柄なひなげしは話しながら商店街を奥へ進む。身重差のある二人だが歩調は程よく合っていた。

「昭和レトロっていうけどさ、ひな的には昭和の経験ねーから、やっぱ懐古主義だと思うんだよな。世界がこうなって、進歩は止まったけど、技術と文化の到達点はやっぱり今だろ。昔の話ばっかりしてありがたがるなよ」

「あらあら。古きよきものもあるわよ。例えば……おばあちゃんより受け継いだおねえちゃんの知恵袋のように」

「知恵袋てきとーなの多いし、えり姉も別に昭和生まれじゃねーだろ。つか、ひな的にも年齢ほとんど変わらねーよ」

「でも、やっぱりおねえちゃんはこの感じ好きかなー」

「それはそれで否定しねーけどな。とにかく、ラットを使った偵察は終わってるし、ほかのみんなに遅れねーように、ひなたち的に担当場所の調査を進めるぞ」

ひなげしの足元にラットの一体が走り寄ってくる。突き刺さった小型のダガーはひなげしのアンドヴァリ《グレイプニル》が備えるハッキング用の端末だ。

『待機チュー』

「ラットくん。ワイルドハントが来てねーか、もう一度見てきてくれ」

『偵察チュー』

ひなげしの眼鏡が明滅し、指示に応じたラットが再び走り去る。

この一帯の念入りな調査を行って使えるものや食べられるもの、宿泊できる施設などを探すのが今日の目的だった。

ひなげしは古めかしい商店街を横目に唇を尖《とが》らせる。

「昭和レトロくんって都合いいところしか見てねーんだよな。見た目のキャッチーさとか、美化された想い出補正ばっかで、昭和の不便なところも前時代的価値観も忘れてんだよ。ほんとに昭和のレベルで我慢できるのかって」

「あら、ひなちゃん。ゲームセンターよ」

「ほんとだ。しかも動いてる！」

二人の前にあるのは古式ゆかしいゲームセンターだった。

大型商業施設にあるクレーンゲームなどファミリー向けを中心としたアミューズメント施設とは明らかに違う店構えをしている。

カプセルトイの自販機が並べられた店頭。錆《さ》びの浮いた古めかしい自動ドアには、ゲームのポスターが何枚も貼られている。ドアのガラス越しに見えるものは、ドットで描かれたまぎれもないレトロなゲーム筐体《きょうたい》だった。

「昭和レトロくんさいこー！　平成くんも入れてやっていいぞ！」

「あらあら、ひなちゃん。掌《てのひら》クルリ」

「矛盾上等！　ＳＮＳに書いたわけじゃねーから全部撤回だ！」

ひなげしは細い足でとてとてとゲームセンターに駆け寄り、そこでふと立ち止まった。

「えーっと。えり姉……」

バツが悪そうな顔で振り返る。

「いいわよいいわよ」

みなまで言わずとも、えりかは全身を弾ませて応える。

「ちょっとゲームしていきたいんでしょ？　おねえちゃんにはお見通しよ」

「シチュ的にそれしかねーけどな。でも、ありがとう。えり姉。そんなに時間はかけねーし、ラットくんの偵察もちゃんと走らせておくから」

そのあたりにいたラットにもう数本《グレイプニル》のハッキング端末を投げて、乗っ取る。指示を出せば、ラットはワイルドハントの接近を見張るために走り去っていく。

「さーて！　レトロゲームくんはちゃんと遊べるのか？」

ニッとしてひなげしが店の中に入り、えりかも続いた。

自動ドアがぎこちなく動き、鈍い音を立てる。

「おー。レトロー」

ひなげしが身を乗り出して店内を見回す。

店の中は狭いが奥に向かってやけに長い。上階への階段もある。壁にはゲームのポスターが所狭しと貼り付けられている。その中にはかなり色褪《あ》せてしまったものもあった。

店の入り口付近こそクレーンゲームがいくつか並ぶものの、奥のほうには一時代前のアーケードゲーム筐体ばかり見える。

ほとんどの筐体がちゃんと稼働しており、いくつものＢＧＭが混じり合った音が狭い店内に響いている。

『整備チュー』

ラットは店内もうろうろしていた。

「ラットくーん！　整備ありがとー！　貴重な人類文化を保ってえらいぞ！」

ひなげしが奥へ向かい、えりかがゆったりと続く。

「上の階が最近のゲームで、ここがレトロゲーか！　すげえ！　動いてるの初めて見るやつもある！」

「あらあら。ひなちゃんよかったわね。最近で一番嬉しい顔をしてる」

「当たり前だろ！　ぎゃぁ！　『スターグラディビー』もあるじゃねーか！」

「まあ、珍しいものいっぱいなのね」

えりかは並ぶゲーム機を興味深そうに眺める。

戦闘機が侵略者と戦うシューティングゲームから、いかめしいキャラが悪党を薙《な》ぎ倒していくベルトスクロールアクション、さらに古いパズルゲームやノーヒントでは解けないレベルの謎解き要素があるアクションゲーム。どれもドットで描かれたゲームばかりだ。

えりかが小首をかしげる。

「全部昭和レトロなのかしら？」

「いや、実際にはほとんど平成くんのゲームだ。まあ、言葉の綾《あや》な」

「あ、それ、ひなちゃんがお家で遊んでるの見たことある……んじゃないかしら？」

自信なさげなえりかだが、ひなげしは頷《うなず》く。

「ゲームぜんぜんダメなえり姉にしちゃ、ちゃんと憶えてるな。この『スターグラディビー』は家庭用に何度も移植されてる」

いわゆる縦スクロール型のシューティングゲームだ。戦闘機グラディビーを駆り、地球を侵略する機械兵器群を撃ち倒していく。

「オリジナルのこれはほんとに昭和生まれだ。でも、ひな的に遊んだことがあるのはコンシューマ版……ゲーム機移植版のさらにベタな移植とアレンジ版だな。今持ってるやつにもダウンロードしてある」

携帯ゲーム機を取り出せば、ダウンロードされたタイトルは確かにそこにあった。

「あらあら、あらあらあら」

えりかがにこにこする。

「……ぜんぜんわかってねーな。要するに、こいつはひな的に遊んだことない元祖のバージョンってことだ」

デモ画面を満足げに見ているひなげしの隣で、えりかは首をかしげた。

「でも、ひなちゃん。持ってるゲーム機で遊べるならここで遊ばなくてもいいんじゃない？」

「昭和レトロな雰囲気の中でゲームしたいんだよ！　昭和レトロくんさいこー！」

「ひなちゃんの掌クルってしたまま！」

「いや、ほんとはそれだけじゃねーんだが」

ひなげしは視線を上げる。

「えり姉が言うみたいに、ゲーム遊ぶのは家で十分だったんだよ。ゲーム機の性能上がってるからわざわざゲーセンに行かなくても同じゲーム遊べるし、対戦も通信でできるからさ」

ひなげしはえりか以外誰もいないゲームセンター内に視線を巡らせていく。

「ひな的に陰キャだから、知らない人がいる場所なんて行きたくなかったし。オンライン対戦なら、相手がリアルファイトしてくることもないし」

「そんなことがあったら、おねえちゃんがえいってするわ！」

えりかが何かつかんで投げる仕種《しぐさ》を見せた。

「無造作な感じがこえーよ。それ頭から落ちてね？　……まあ、それこそ昭和みてーなヤンキーくんはもうほとんどいないだろうけど。むしろ、陽キャが多いってのがイヤだったんだよ！　ひな的に陽キャは特効入るんだ！　陽キャのいねーゲーセン最高だろ！」

忌々《いまいま》しげに言いながらも、ひなげしの眼差しにはわずかな寂しさが入り交じる。

えりかが身体を屈《かが》めてひなげしと同じものを見る。

「子どもの頃、おねえちゃんの家族とひなちゃんの家族みんなでお出かけして、ゲームセンターにも寄ったわよね」

「よく憶えてんなー」

「あの頃からひなちゃん、ゲームが上手だった」

「えり姉はあの頃から自称おねえちゃんだったな。実の妹いるのに」

ここととは違う場所、商業施設のゲームセンターの光景が蘇る。

ずいぶんと曖昧《あいまい》になってしまった遠い記憶の中で、クレーンゲームの音楽がやけに耳に残っていた。

ひなげしも知るえりかの家族も、ひなげし自身の家族ももう記憶の中にしかいない。

「よーし！」

ひなげしは椅子を引き、『スターグラディビー』の筐体に向かう。ボタン近くに硬貨を重ねて置いた。

「現金にまだ使う意味があるなんてな！　やってやんよ！」

「あら、ハッキングはしないの？」

「それじゃ張り合いないだろ！　硬貨がなくなるのが早いか、ひな的にクリアが早いか。……いや、現金そんなに持ってねーから思ったより緊張してきた」

ひなげしは硬貨の一枚を投入し、ゲームをスタートする。

『スターグラディビー』は極めてシンプルなシューティングゲームだ。レバーで自機を操作して、敵や敵弾を回避しながら撃破を重ねて、あわよくばハイスコアを目指す。

ライフゲージなどはなく被弾すれば撃墜されて残機が減る。パワーアップアイテムを取れば攻撃が強化されるが派生などはない。

ただただプレイヤーの腕前を試されるシンプルなゲーム性。

ひなげしはレバーを操作し、ショットボタンを押し込み、操作感を確認する。

「昔読んだ何かの記事でアーケード版はけっこう違うって見た気がするんだが……。言うほど変わらねーか？」

危なげのない操作でゲームを進める。

序盤ステージの散発的な攻撃に対して携帯ゲーム機との微妙な差異を手に馴染《なじ》ませ、徐々に激しくなる敵の猛攻も難なく回避。ラスボスである巨大要塞は敵弾のパターンを読み、有利な位置へ攻撃を誘導しつつ攻略していく。

巨大要塞が景気のいい破裂音を上げて爆発した。

ひなげしは大きく息をつく。

「ま、こんなもんか」

初プレイだったが、全ステージをクリアすることができた。敵の配置やパターンに大きな違いはあったものの基本的な攻略法は移植版と変わりなかった。

ひなげしは筐体ディスプレイに映る自分の顔に気づく。そこには念願のゲームで遊んだわりに満足していない、皮肉げに唇を曲げたゲーマーがいた。

コンシューマとアーケードで違いがあるというのだから、もう少し苦戦するか、大きな違いを実感できると思っていたのだ。家でできることをゲームセンターまで来て遊ぶ意味があると。

「ぱぱぱぱーん。ひな的に貴重な経験値を得た。レベルは上がらない」

ディスプレイはネームエントリー画面に変わっていた。

「お、ゲーセンって感じだ」

入力したネームは記録され、ハイスコアのランキングとしてデモ画面などに表示される。

『ＨＩＹ《ヒヨ》』とハンドルネームを登録する。

「……っ!?　なんだてめぇ、煽《あお》ってんのかぁっ!?」

ひなげしは思わず叫んでいた。

「ど、どうしたの、ひなちゃん？」

いつの間にかグローブを着けてパンチングマシンで遊んでいたえりかが目を丸くしている。

「いや、えり姉こそ何やってんだよ」

えりかの前にあるのはディスプレイにシチュエーションが表示され、パッドを殴ると計測された結果がそこに反映されるというシンプルなゲームだ。ディスプレイ上では怪人が壁にめり込んで倒れている。

「小さい頃、百貨店のゲームコーナーにあったような気がして」

えりかが駆けつけてくるが、ひなげしはディスプレイに視線を戻して睨《にら》んでいる。

「こいつにハイスコアで負けた」

『スターグラディビー』のハイスコアランキングでひなげしは二位だった。一位に、それもひなげしにひと桁《けた》以上のスコア差をつけて君臨するのは『ＺＡＫ』。

「何が『ＺＡ-ＫＯ-ＺＡ-ＫＯ《ざーこざーこ》』だよ、ふざけやがって！」

「『ＺＡＫ』ってしか書いてないわ」

「ひな的にわかる。ひな的な『ＨＩＹ』は、『ヒヨコに負けてどんな気持ち？』の略だ。だから、『ＺＡＫ』は『ザーコザーコ、よっわ！』の略なんだよ！」

「ひなちゃんがそう言うならそうなのね。いいわよいいわよ」

「よくねーが？」

ひなげしは自分と『ＺＡＫ《ザコ》』のスコア差をもう一度まじまじと見詰める。

特別スコアを狙うようなプレイはしていなかったが、敵の撃ち漏らしはほとんどなかったはずだ。これだけの差が開くとは思えない。

「じゃあ、次は稼ぎメインでやってやんよ。ひな的にぶっ潰してやる」

えりかが噴き出した。

「なんだよ、えり姉」

「あらあら、ごめんなさい。世界がこうなっちゃう前、ひなちゃんと一緒に遊んでいた時を思い出しちゃった」

えりかが目を細める。

「ひなちゃんの部屋で、ひなちゃんのゲームを一緒に見てて」

「えり姉けっこう寝てたよな」

「うふふ。それで、ひなちゃんが怒った声で目が覚めるの」

「同じ技ばっか擦《こす》ってんじゃねーよ！　本気にさせやがったな！　絶対ぇ潰す。今日は床ペロしてそのまま寝ろ。みたいにな」

世界が変わってしまう前の、だけど二人だけの部屋という閉じた世界。

「オンライン対戦でチートみてぇに強い奴と当たった時みたいな気分だ」

「そうねぇ。じゃあ、おねえちゃんはもうちょっとパンチしてくるわね」

「このタイミングでどっか行く？　えり姉がマイペースなのも同じか……」

えりかは学校と部活が終わると、一日部屋に籠《こ》もっているひなげしのもとにやって来て、特に何かするわけでもなくお話をして、本を読んで、ときどきゲームに口を出したりして遅くまで一緒にいた。

「えり姉も変わらねーよな」

「ひなちゃんは変わらずかわいいひなちゃんよ」

もうグローブをはめ直しているえりかにフンと鼻で笑って、ひなげしは再び『スターグラディビー』に向かう。

「グラビティーじゃなくて、グラディビーなんだよな。何かの略称か？　ただのノリか？」

呟きつつ、スコアを重視した立ち回りで攻略を進める。

敵をすべて撃破するのは基本として、特定オブジェクト破壊で出現する隠しキャラをきちんと倒し、さらには敵との距離が近いほど撃破時にボーナスが発生するというシステムも利用していく。

プレイ時の縛りが増える分、当然ゲームとしての難易度も上がるが、ひなげしは苦戦することなくクリアする。

「へー。これでもダメか」

さっきよりもスコア差は縮んだものの、まだまだ遠い。幾度か攻略パターンを変えてみるもののスコアの違いは誤差程度だ。

「根本的に何か見落としてるか……。ぜんぜんわかんねー」

「ひなちゃん嬉しそう」

えりかがニコニコとパンチングマシンの前で素振りしている。

ひなげしは筐体ディスプレイに映った自分が牙を剝《む》くような表情をしていることに気づく。

「対戦なんてゆりくんとやった時以来だ。ゆりくんはクソザコだったが」

「懐かしい想い出かも。いいわよいいいわよ」

ひなげしが席を立つ。

「でもまー。そろそろみんなと合流しねーとだよな」

「まだもうちょっと余裕はあるわ。いいわよいいいわよ」

「えり姉はひな的なのに好きにさせすぎなんだよ」

甘えているわけにはいかないとひなげしは考える。

だが、この商店街に留まる予定は今のところないので、この機を逃せばもう『スターグラディビー』を遊ぶ機会も『ZAK』のスコアを抜く機会もないかもしれない。

ひなげしは少し迷い、ランキングを眺め、結局腰を下ろした。

「ちょっとだけえり姉に甘える」

「いっぱい甘えて。いいわよいいわよ。すごく遅れても、おねえちゃんが言い訳してあげるわ」

「うるせー。こいつのほうがザコだって速攻で教えてやる」

焦る気持ちを抑えて、ひなげしはさらにさまざまなパターンを試していく。

ギリギリまで敵を引きつけ、ボーナスを増やす。ひとつのミスも犯さないプレイ。新しい破壊可能オブジェクトと隠し敵も見つけた。

それでもなお、『ZAK』に届かない。

ランキングに残る日付は、世界にワイルドハントが現れた後のものだ。顔も知らないゲーマーは人間のほとんどが消された後もここにいて、ハイスコアを残した。

積んでいた硬貨はいつの間にかなくなり、あと一枚を残すだけだ。それでも諦めるのは癪《しゃく》だと、疲れてきた指で正確なプレイを進めていく。

突然、店内が揺れるような轟音《ごうおん》が響いた。

「なんだ!　ワイルドハントか⁉」

思わず立ち上がり、偵察に出しているラットの状況を確かめる。

ひなげしのネコモデル眼鏡は《グレイプニル》と連携していて、ＡＲグラスとして情報や映像を受け取ることができる。

「いや、おかしなところはない。じゃあ……」

「ひなちゃん違うわ。こっちこっち」

えりかの声に目を向ける。

彼女はまだパンチングマシンのグローブを着けていた。ディスプレイでは隕石《いんせき》が破壊されて地球が救われている。もちろん最高難易度の演出だ。

「今のパンチの音か？　今までそんな音してなかっただろ」

ひなげしが顔をしかめた。ドン引きしている。

「もしかして、えり姉。ゲーム相手にアンドヴァリの身体強化使ったのかよ」

ひなげしたちが使う武器《アンドヴァリ》には原理こそ不明だが、使い手の身体能力を高める効果がある。インドア派で運動不足のひなげしもそのおかげで人並み以上の動きができる……が、パンチングマシンに使えば破壊してしまうだろう。

「ち、違うわ。おねえちゃん、ルールは守るほうだもん」

「いや、でも……スコアものすごいことになってるだろ……」

ディスプレイ上、えりかが入力したネーム『ＡＮＥ《アネ》』がかなり容赦なくハイスコアを更新していた。

「ネームの自己主張もすげえな……」

ひなげしは部活で鍛えていたえりかがメンバー内でも一番の体力と身体能力を持っているのを知っているが、格闘技をやっているわけでもないし、抜きん出て異常な腕力を持っているわけでもない。

「あらあら。じゃあ、お姉ちゃんの知恵袋」

えりかはパンチングマシンにもう一度硬貨を投入して、最高難易度の隕石を選ぶ。

「ひなちゃんがゲームしてる間に、おねえちゃん何度もこのマシンで遊んだんだけど」

えりかが踏み込み、パンチングマシンのパッドにパンチを叩き込む。

さっきほど大きな音はしない。スコア自体は悪くないが常識的な範囲に落ち着いていた。

「今のは普通に叩いたの」

「普通じゃない叩き方があるのかよ」

「これが――」

二回目のパンチをえりかが放つ。

店内の空気を震わせる快音が鳴った。

一見、一度目と変わらない動きだが、響いた音は先ほどの轟音に近い。スコアも比べものにならないほど跳ね上がる。

「普通じゃないほうの叩き方よ」

「えり姉が本気で破壊しようとしてるってこと？」

「あらあら。おねえちゃん、格闘技向けの腕力はないわよ」

力こぶを作ってみせる。ひなげしは自分も試してみたが、力こぶ自体ができなかった。

「おねえちゃんの知恵袋！　の続きね。このパッドの計測部分が一番力を感じるように叩けばいいのよ」

えりかが手首を振る。

「二回目のパンチは普通にパンチするんだったら、威力が下がっちゃうような動き。でも、このゲームでは一番スコアが出るの。当てるタイミングとパッドの場所を変えると結果は全然変わるのよ」

えりかが三発目を放ち、気持ちいい音を上げた。

隕石は破壊され、さらなるハイスコアが記録される。

「理屈はわかったけど、なんでパンチに詳しいんだよ……。ひな的に知らないところで、生意気な後輩シメてた？」

「ち、違うわよ！　お姉ちゃんの知恵袋。スポーツをしてたら、身体をどう動かせばどういうふうに力がかかるかわかってくるの」

「……そういや、えり姉。身体動かす時と、部活で相手に勝とうとする時だけ、異様に理詰めになるよな。ガチ勢だ」

「あらあら。バスケ部では普通のことなんだから」

「バスケ部怖ぇよ」

「バスケはいいわよいいわよー。みんなでチーム作る？」

「勧誘すんな。ゲームの役に立たねーから遠慮する」

苦い顔のまま『スターグラディビー』に戻ろうとする。目を離している間にゲームオーバーになっていて、ディスプレイ上では撃破できなかった敵の編隊が我が物顔で飛び回っていた。

ひなげしの眉が動く。

記憶しているよりも敵の数が多い。

ひなげしが求めていた答えが、パンチと攻略法が変な形で繋がった。

「そうか、こいつだ！　パンチするにはムダだけど、意味がある力の入れ方。ひな的にはＲＰＧで意味のなさそうなところに隠し通路あるやつ！」

「いいわよいいわよ！　……どういうこと？」

「こういうことだよ！」

ひなげしが硬貨を投入する。それが最後の一枚だった。

敵にできるだけ肉薄してボーナスを加算し、破壊できるオブジェクトを壊すことで隠しキャラをすべて出現させる。研ぎ澄まされた操作でゲームを進めていく。

「あっ」と、パンチングマシンをやめて見にきていたえりかが声を上げた。

ひなげしが敵を逃したのだ。

「ひな的にこれでいい。こいつは偵察機だ」

ひなげしが逃した敵機はほかの敵と色が違う。ここまでひなげしはそれがリーダー機やエース機的な演出だと考えていたが、少し放置すればその機体のみが戦場を離脱しようと動くことに気づいた。

偵察機が逃れた後、ここまでのパターンで登場しなかった敵群が出現する。

「ひなちゃん、危ない！」

「想定内だ。お前が倒してたのはこいつらなんだろ、『ZAK』くん！」

ひなげしにとって敵増援の数と動きは初めて見るものだった。数も多く、攻撃も激しい。

しかし、ここまでで最も研ぎ澄まされた集中力でひなげしは自機を接近させ、片っ端から撃破していく。

さらなる偵察機を逃し、跳ね上がる難易度の中、増援のすべてを返り討ちにする。

「何が『ザーコザーコ、よっわ！』だ。ひな的に大勝利だ！」

そして、ひなげしはランキング一位に自らの名を、『HIY』を刻んだ。

「『ZAK』くん。これで名前どおりクソザコだな」

ディスプレイに映り込むひなげしが挑発的に牙を剥く。

「消されてないなら……生きてるなら、『HIY《ヒヨ》』的にまだまだ勝負してやるからな」

同じ椅子に座って、同じレバーとボタンを操作して、同じ筐体にネームを登録した顔も声も知らないゲーマーへ告げた。

そして、ひなげしとえりかは店内の時計を見て気まずい顔をする。

「さざんかくんじゃねーけど、これマジヤベーな。遅くなりすぎた、あやめくんにギルティされるの確定だろ」

「まあまあ、大丈夫よ。おねえちゃんも一緒に謝ってあげるから」

「えり姉も怒られる側だからな？　さっき言ってた言い訳期待してるからな？」

ひなげしは入り口近辺にあるクレーンゲームの筐体をポンと叩く。景品がお菓子詰め合わせのタイプだ。

「どうせ遅れたんだから、ひな的には好感度を上げるギフトが有効だと思う」

「いいわよいいわよ！　おねえちゃんこういうの得意なんだから」

えりかが硬貨を投入し、クレーンの操作を始める。

ゆったりふらふらと動いていくクレーンをえりかとひなげしは並んで眺めていた。

「……ねえ、ひなちゃん」

えりかがクレーンを見詰めたままで言う。

「今、楽しい?」

ひなげしはクレーンを見て、それから古いゲームセンターを、先ほどまで遊んでいた『スターグラディビー』の筐体に目をやった。

隣にえりかがいて、だけどまったく別のことをして過ごす日々はあの頃と変わらない。

世界から人が消えた後、ひなげしとえりかはずっと部屋の中にいた。

ひなげしはゲームをして、えりかは本を読んだり運動したりして、些細《ささい》なことを話して笑って、いつか二人だけのまま終わりが来るのだとぼんやりと考える毎日だった。

そこへゆりがやって来た。いろいろな意味で二人きりの生活をめちゃくちゃにされて、ひなげしとえりかは部屋を出た。

「やだ! このクレーンゆるゆる!」

明らかに握力が足りないクレーンがお菓子をつかむこともできないのを見て、ひなげしは牙を剥くようにもう一度笑う。

「あこぎな設定しやがって! おもしれー!」

ひなげしがえりかを横目に見れば、彼女は目をぱちぱちとして、それから柔らかく微笑んだ。

「いいわよ、いいわよ! お部屋を出てよかったわね」

ゆりに連れられて外に出て、ほかの仲間たちと一緒になり、今ここでも会ったこともない相手とも出会うことができた。

「えり姉。このクソ設定のクレーンゲームも攻略すんぞ。ひな的に指示を出すから、えり姉が操作してくれ」

「おねえちゃん、いいわよいいわよ！」

再び動き出したクレーンがお菓子の詰め合わせを突き崩す。

# 第四章 …… マジで草

住宅街から離れた河川敷。広場となった場所には日の光の下、鮮やかな緑が萌える。

そんな中に異質な金属光沢がぎらぎらと輝いていた。

人間より大きな塊から、掌《てのひら》大の破片まで多くの金属塊が転がっている。

「ワイルドハント、ドンドンいっぱいだったねー」

「それなー。ひなぴの作戦なかったら、マジヤバかったし」

河川敷を渡る風に金色の髪を弾ませながらやってきたのはゆりだった。

その後ろに、鮮やかに染めたツインテールをひらひらとさせてさざんかが続く。

二人は愛用のアンドヴァリ、大剣《ティルフィング》とクロスボウ《グングニル》を担いでいた。

大きな武器を軽々と手にしたまま、ゆりたちが金属塊に近づいていく。

歪な円形を保つのは、まぎれもなくワイルドハントの頭部の破片だ。

ゆりが《ティルフィング》を金属塊に突き立てる。

「ドンドンお食べー」

大剣の各部が明滅し、駆動音が上がる。

ワイルドハントだった金属塊が《ティルフィング》に溶けるようにして同化していく。

《ティルフィング》の刃は大きく欠けていた。先ほどの戦闘でワイルドハントの攻撃を受け止めた時にできた損傷だ。

「お食べってマジで草。それな！　とりま、グングンもガチでお食べ」

「ドンドンって撃ってたもんね。おかげで助かったよー」

「マジ武士は相身互《あいみ》いじゃん。うちら武士じゃねーけど、助け合い」

ささんかもまたクロスボウの先端を残骸に密着させ、吸収させていく。

「これでまたガチ連射できるし」

「あとは持てるだけ持って帰ればいいかな」

ゆりたちの周囲にはまだ残骸がそれなりに残っている。

「いいんちょーたちもガチ激しめだったし、多めに持ってったほうがいいんじゃね？」

「おっけードンドン。ラットくんが片付けにやってくる前に！」

《ティルフィング》を一振りして、格納状態の結晶体へと変える。ほのかな輝きを散らすそれをしまいつつ、ゆりは手頃な残骸へ歩み出す。

そして、ぐーっとお腹が音を立てた。

「わたしたちもアンドヴァリみたいにワイルドハントを食べることができたら……」

ゆりは両手で抱えた鉄塊をまじまじと見詰めてごくりと喉を鳴らす。

首をかしげて顔をしかめた。

「うーん。それだけはドンドンやだなー」

「マジそれなー」

ゆりもさざんかも眉間にしわを寄せるしかない。

「てか、ワイルドハントはマジムリだけど、食べられるものもっとほしいのはガチだし。保存《ほぞん》食《しょく》っても賞味期限あんだよなー」

「ドンドン短いよねー」

数年はなんとかなっても、もっと先にはどうなるかわからなかった。

「……とにかくドンドン戻ろっか」

ちょっと無理をした笑みを作ってさざんかに顔を向ける。

「さっちゃん?」

さざんかが腕を組んで考え込んでいる。さっきよりも眉間のしわを深くして、唇を尖らせている。「マジそれなー」とうめき、ショートブーツでトントンと地面を叩けば、明るい色のツインテールが揺れた。

「マジ思い立つ日がガチ吉日って言うじゃん」

さざんかはゆりに向けてウィンクする。

「ゆりち、まだちょっと時間あるし。保存食以外の食べ物探してみねー?」

「おっけードンドン!」

「ガチ即答！」

ゆりがワイルドハントの残骸を放り投げた。

「マジ思い切りいいし！」

⁂ ⁂ ⁂ ⁂ ⁂

「ドンドンお魚お魚ドンドンお魚ー」

ゆりの軽やかな足取りに河原の石が音を立てる。

「ゆりち、あんまり唄《うた》ってると魚が逃げちゃうし」

「ドンドンごめん」

ゆりが足音を忍ばせ、さざんかが眉を下げた。

ゆりとさざんかは河川敷から河原に移動していた。二人とも魚を捕まえるためのタモ網を手にしている。

「近くに釣り具屋さんがあってよかったねー」

「実はちょっと前からガチ目ぇつけてたし」

「さすがさっちゃん。ドンドンしてる！」

「とりまー。川に落ちるとヤバいからガチ気をつけて」

ゆりたちが来ているのは大きな河川で、河原もまた広い。

しばらく雨が降っていないこともあり、川はかなり水が引いた状態だった。

「マジで魚がいるのか、チェックしてみよ」

「ワイルドハントがお魚も消してなければいいんだけど」

「それなー。街中で動物見ることはマジなくなったし」

ゆりとさざんかは同じく釣り具店で見つけた長靴を履いている。川の浅いところに足を踏み入れて、水面に目を凝らす。

「ドンドンドン……あ、いた！」

「マジ！」

さざんかが水音を殺しつつゆりのもとに駆けつける。すぐさま魚を捕まえるべくタモ網を構えた。

「……てか、ガチでちっちゃ」

「メダカかなー」

澄んだ水の中を泳ぐのは実際小さな魚が数匹のみだった。

「タモ網はマジ届くんだけど……」

「親指ぐらいしかないよねー」

ゆりとさざんかは顔を見合わせて首を横に振った。

そのまま浅い場所を行き来して、ほかの生き物を探す。

晴れた空の下、日の光が踊る水面の向こうには同じぐらいの小魚しか見当たらない。

「ガチで釣りするか、マジ深いところまで行けばもっといそうなんだけどなー」

さざんかは川の真ん中へ目を向ける。

「危ないのはドンドン避けておかないとね」

穏やかな川の流れを二人は残念そうに眺めた。

「でも、お魚がいなくなってるわけじゃなくてよかったね」

「マジそれな」

ゆりとさざんかは川から上がり、河原の石に座ると一息つく。

吹き抜けていく風が心地良く、ゆりは思わずあくびを漏らす。

「あ、カメだ！」

ゆりが指差した場所にさざんかが目をやる。

川の中から突き出た石の上に大きなカメがいた。

ゆりたちが両手で抱えるほどの大きさのカメはほとんど身動きしない。ぽかぽかした日の光の下、日向ぼっこしているらしくぼんやりとした様子で遠くを眺めている。

「カメもドンドン無事だったんだねー」

目を細くするゆりの横で、さざんかがあごに手をやって神妙な面持ちを見せる。

「ゆりち……。カメはガチ？」

いつになく真剣な目はワイルドハントを狙い撃つ時の狩人の目に近い。

「ドンドンガチ？」

「カメは……ガチ食べるほう？」

「食べないよ！　ドンドン食べたことないよ！　かわいいからドンドンドン食べないよ！」

「それな！」

さざんかが胸を撫《な》で下ろす。

「流れ的にカメどうやって食べるか、マジ考えないといけないと思ったじゃん」

「ドンドン考えてもなかったよ！」

ボチャンと音がした。

見れば、カメは川に飛び込みのんびりと泳ぎ去って行く。

ゆりとさざんかは「あはは」と声をこぼした。

「ドンドン……？　スッポンなら、あるいは？」

「ゆりち、スッポン食べたことあんの？」

「ううん。食べられるって聞いたことあるだけ。噛みついたらドンドン離さないんだよね」

「離さないはマジ迷信だけど、噛む力は強ぇらしーじゃん」

ゆりは腕を組んで考え込む。

「うーん。でも、やっぱりカメだからかわいくてダメかなー」

「マジそれなー。てか、ここにスッポンいねーけど」

「むしろ、カメ飼いたいよね。そうだ！　さっきのカメ！」

ゆりが思わず立ち上がるがもうカメの姿は見えない。

「ドンドンドンー」と嘆きの声を上げたゆりの背中を、「マジまた会えるって」とさざんかがポンポンと叩く。

「カメもだけど、犬も見かけたらドンドン飼いたいよー」

「マジ話ずれてっけど、わかるー」

川を眺めるゆりの傍ら、さざんかはツインテールをふりふりしながら、うろうろと歩き、自分の唇を突いて考える。

「魚はまた釣りを試すとして。動物はやっぱうちもムリじゃん。そんなら……」

さざんかは何かを見つけて不敵にニッと笑う。

「ゆりち、マジ別の手いってみるし」

「おっけードンドンドン！　だよ！」

ゆりが元気よく返す。

「……どんな手？」

それから聞き返した。

「マジで別の手、ガチでやんぞー！」

「おっけー！　取ったどードンドンドン！」

「まだ何も取ってねーし」


ゆりとさざんかは翌日も河川敷を訪れていた。

二人が持ち去った以外のワイルドハントの残骸はもうほんの少ししか残っていない。

『解体チュー』『掃除チュー』

ラットの一団が金属塊を細かく解体して持ち去っていた。

「ラットって、ワイルドハントとマジ似たような感じなんだけど……。壊れたやつは掃除しちゃうんだよなー」

「なんだかわかんないけど、わたしたちはドンドン助かるよね」

「ひなぴもハッキングして、掃除とか整備特化でうちらに悪い機能はねーって言ってたし」

ラットを横目にさざんかは河川敷を歩いて行く。

「それで、さっちゃん。今日はどんな生き物を探すの？」

「とりま、このへんでいっかなー」

さざんかがしゃがみ込んだ。河川敷に茂る雑草の中に身を隠すような形になる。

ゆりが隣に身を屈《かが》める。

「この茂みに何かいるんだね？」

「ゆりち、マジ惜しいしー」

さざんかは茂みに手を入れると、何かをつかんだ。

ゆりの前に差し出されたのは今引き抜いたばかりの草がひと房。

「マジで草。食べられる草じゃん」

「食べられるの!?　あ、でも、そっか、つくしとかタンポポとか、食べることができるっていうもんね！」

「マジそれな」

さざんかは茂みを掻《か》き分け、生い茂る植物を選別していく。

その場を離れて、河川敷の舗装のあたりからもいくつか植物を採取し、ゆりは心底興味深そうについて回っていた。

さざんかが一息ついた時には、けっこうな数の野草が石の上に集まっている。

「ドンドン見分けがつかないよ！」

「意外とわかるもんだし。えーっと」

さざんかが野草のひとつを手に取ってみせる。

複数が重なった丸い葉と可憐な白い花が印象的な野草。

「シロツメクサ。ガチでクローバー」

「あっ！　四つ葉のクローバーの！　食べられるの」

「それな。アクも少なくてガチ食べやすい」

さらに別の野草を見せる。

小さな白い花をたくさん持つ野草。

「こっちはナズナ。通称ペンペン草。春の七草じゃん」

「お正月の後の七草粥に入ってる草だ！」

「それな。ガチ由緒正しい」

さざんかはほかにわかりやすい野草はないかと、集めたものを再確認していく。

「ドンドン考えたことなかったけど……身近な草でも食べられるんだねー」

「マジ食べられるものもある、だし」

そこまで言って、さざんかは気づく。

ゆりの声がなんだかモゴモゴしている。

「ゆりち」

「どうしたの？　ん、ドンドン苦いー」

ゆりが草を口に入れていた。

「ゆりち！　マジガチダメだし！」

「ド、ドンドン？」

「ドンドンじゃん！　マジドンドンでペッてして！　早く！」

ささんかのかつてない勢いに、ゆりは口の中に入れていた草を吐き出した。

「とりま、これでガチブクブク」

さざんかが慌てて水筒の水を渡し、ゆりは言われるままに口をすすいだ。

「ゆりち、飲み込んでない？　ガチ飲んでない？」

「うん。ドンドン苦かったし、固かったから」

「マジよかったー」

さざんかはゆりが口に入れた野草を確認する。

「オニタビラコじゃん。これならマジ大丈夫」

深々と安堵の息をつく。

「ゴメンね、さっちゃん。おいしそーって思っちゃって」

ゆりが肩を落とす。いつもきらきらしている髪も心なししゅんと萎《しお》れていた。

「うちこそマジゴメン。なんかいろいろな草あって、はしゃいでたし」

ゆりの手にしていたオニタビラコを野草の束に加える。

「野草ってマジヤベーとこあんだよね。ふつーに毒あるし。食べられる草だと思ったら、似てるだけでマジヤベー毒草なのもよくあるじゃん」

「ドンドンそうなの？」

「ここにはねーけど、ニリンソウとトリカブトとか。野菜のニラとスイセンもよく間違われるじゃん」

「ニラはよく食べてたね……。ドンドン気をつけないと」

「もうスーパーに並んでないかんなー。スーパーがあればマジ全部安全なんだけど」

「トマトとかドンドン食べたくなってきちゃった」

二人はしみじみとかつてのスーパーに思いを馳せた。

「とりま、話戻すけど。ガチ品種改良されてるスーパーの野菜と違って、野草はガチ下処理しないとまともに食べられないのがマジほとんどだし」

「うん。まだ変な味するー」

ゆりが舌を出す。

「もう病院ねーわけだし。健康にはガチ気をつけねーと」

「そうだよね。ドンドン注意するし、さっちゃんにも、食べられるかちゃんと見てもらうよ」

そこまで言ってゆりは「あ、そうだ」と手を叩く。何か思い出した顔をしていた。

そして、すかさず駆け出す。

さざんかが見守っていると何かを持って戻ってくる。金色の髪が元気よく跳ね回るのを見て、

「マジかわいいわんちゃんみてーヤバい」とこっそり思った。

「ドンドン見て見て！　さっちゃんが草を集めてる間に、こっそり集めてたキノコ！」

ゆりが持ってきたキノコを石の上に並べた。

肉厚のものから、こぶりなものまでいろいろなキノコがある。

「河川敷の木の下にドンドンあったんだ。どれが食べられるかわかんないけど、さっちゃんならわかっちゃうかと思って」

「キノコはガチ難易度高ぇんだよなー。よく聞く見分け方マジ嘘ばっかだし。毒はガチヤベーの多いし」

さざんかは並んだキノコを真剣に見詰める。丁寧に手入れされた睫《まつげ》は微動だにしない。

「うちもキノコはマジ自信ねーな。これとこれはぜってーイケるから、これだけにしとこ」

「うーん。またドンドンゴメンね。お手間かけちゃっただけだよ」

さざんかは首を振る。

「ううん。うちも久々にキノコは食べてーから、マジありがと。キノコはマジそっくりなの多くて、わかんねーんだよなー。ま、今選んだのはガチおっけーだから」

より分けたキノコは白っぽい色合いのものだった。

「ハルシメジかー。ここにも桜の木あんの見てなかった」

「そういえば、桜の木の下にあったような」

うろ覚えのゆりと、さざんかは河川敷に並ぶ桜に目をやる。穏やかな風がほんの少し花びらを散らせるが、花はまだまだ咲き誇っていた。

「さっちゃん、アウトドアのことドンドン詳しいよね。前に大きな公園ですごい雷と雨になった時、持ってたもので雨よけ作ってくれたのすごかったよ」

「たまたまじゃん。マジ詳しいってほどじゃねーんだけど……。うちの家、子どもの頃からキャンプ行くこと多かったし」

まだ世界がこうなる前、いろいろな場所に出かけた。家族と一緒にキャンプ場や山、川、海にも行った。

さざんかは目を閉じ、瞼《まぶた》の裏に懐かしい家族の姿を見る。

「マジ小学生の頃だけど、いいんちょーと行ったこともあるし」

「そうなんだ！　ドンドン仲良しだもんねー」

「マジ昔みてーにはいかねーけど」

さざんかは苦笑する。

家族の姿と共に見た、かつてのさざんかも、昔のいいんちょー――あやめも今とはずいぶん違うし、関係も変わっている。

「てか、アウトドアのこといろいろ調べたのはその後だし。大きくなってからもキャンプ行くことあったから、マジヤベー時のためにガチで勉強するようになって」

穏やかに流れている川に目をやる。

「川もヤベーんだよな。空がおかしくなってからよけいヤベー」

上流で大雨が降ると一気に増水する。激しく流れる濁った水は近づいたものすべてをのみ込んでしまう。

「天気が突然変わるもんね」

「それな。今は季節どおりの春だけど、マジ酷暑からのガチ雪あるもんなー。線状降水帯マジやさしいってなるじゃん。山も川もヤバくて、ワイルドハントよりガチ理不尽ってのは今も変わらねーけど」

さざんかは腰を下ろすと鞄からいくつかの道具を取り出していく。

「てか、さっきの話だけど。アウトドアでヤベー時のこと勉強したけど、マジぜんぜん使うことなかったたわけじゃん。キャンプでそのへんの草食べよーとしたらガチ拒否られっし」

「ドンドン役に立つ日が来たね！」

「それな！」

「さっちゃんドンドンドンドンドンすごい！」

「ドンの数かつてねーし、それは言いすぎじゃん！」

頬を赤くしたさざんかは誤魔化《ごまか》すようにてきぱきと動く。

二人は近くの民家に向かい、野草とキノコを洗い、食べられる葉や茎以外は切り離す。調理用の水を汲《く》んで河川敷に戻ってきた。

　さざんかはそのあたりを行き来して、ほかにも必要なものを集めてくる。

　それから、屈み込むと鞄から十センチもない金属棒を取り出した。そこにサバイバルナイフの背を添える。

「それは何？」

「メタルマッチじゃん」

　ナイフの背で金属棒を擦ると火花が散った。

　あらかじめ準備していた火口――解《ほぐ》した麻縄があっさりと燃え上がる。

　ゆりの「おー！」という歓声を背に、さざんかは火口から細かな枝や枯れた野草に火を移す。それらが炎を作れば、より太い枝を置き、徐々に炎を育てる。

　わずかな時間で焚《た》き火が完成した。それを中心とする形で前もって並べていた石が小さな竈《かまど》を形作る。

「焼き肉屋さんでゲットした網ー」

　焚き火の上に網を敷いて、その上に携帯用の鍋をのせれば河川敷に簡易コンロが完成した。湯は程なく沸騰する。

「とりま、マジで草調理するし！」

「おっけードンドン！」

下拵《したごしら》えを終えた野草やキノコを塩を加えた湯に入れる。

しばらく煮た後、さざんかはそれらを水の入った別の鍋に浸けてしっかかととアク抜きをした。

程なく紙皿に調理された野草が並ぶ。湯通しして絞って水気を除いた野草は、塩を加えたこともありその緑をより濃くしていた。そこにゆりが持ってきたキノコがアクセントとなる彩りを添えている。

「お鍋に入ってる春菊みたい！」

「こっちはマジでホウレンソウ。ハマホウレンソウことツルナじゃん！」

ゆりとさざんかは目を輝かせる。

「マジ！　ガチ！」

「ドンドンいい香り！　ドンドンドンおいしそう！」

二人は快い音を立てて、手を合わせた。

「「いただきます！」」

しっかり調理した野草をほおばる。

ちゃんとアク抜きして、柔らかくした栄養満点の野草が口に中に広がる。

そして、さざんかとゆりは顔をしかめた。

そのまま無言でもぐもぐしてごっくんする。

「マジで草」

なかった。

それぞれの野草で味わいは違うし、匂いも異なる。さざんかの下拵えで食べづらさもほとんど
「ドンドン草」

しかし、根本的に草だ。

「……とりま食べられるようにしても、マジうまくなるわけじゃねーし」

「よく考えなくても、サラダっていつもドレッシングかけてたよね」

ゆりとさざんかは目の前の野草の山を絶望的な顔で眺めた。

「マジ全部食べっけど。ガチ残さねーけど」

「ドンドンドン……」

頷き合い、箸《はし》を伸ばす。

その後ろから「ゆり、さざんか？」と遠慮がちな声がした。

ゆりたちが振り向けばあやめが呆然《ぼうぜん》としている。

「戻るのが遅いから、呼びに来たんだが……」

あやめは盛りつけられた野草を見て、眼鏡の下の目を見開いていた。

「なんで雑草を……。いや、自分の食料配分が悪かったのか？　実はずっと飢えさせてしまっていたのか？」

「マジ違うし、いいんちょー！」

「ドンドンそうだよ！」

ゆりとさざんかがにわかに立ち上がり、あやめが思わず「え……」と狼狽《うろた》えた。

「シロツメクサ、ナズナ、ツルナ、オオバコ、ハルシメジ！　マジ自然の恵みじゃん！」

「雑草なんて草はドンドンないんだよ！」

「え、えっ……」

ゆりとさざんかは笑った。それは幸せと食物繊維を分け合おうという慈愛に満ちた微笑みだった。ただし、二人の目はどんよりと濁っている。

「いいんちょーもマジで草一緒に食べよ」

「ドンドンドンドンドン草」

「ギルティだ！　やっぱり草じゃないか！」

野草は責任をもってみんなでいただいた。

⁂　⁂　⁂　⁂　⁂

「「いただきまーす！」」

ゆりたちの楽しげな声がオープンテラスに響く。

「ご飯にタレが染みてるよー。ワケギってこんなにいい匂いするんだねー」

「久しぶりの野菜だな」

「ヤバいくらい食物繊維入ってるから、身体にマジやばいしー」

お昼過ぎのカフェでゆりたちはれんげの割烹《かっぽう》を味わう。

保存食をそのまま食べるだけではない、一手間を加えた割烹に舌鼓を打ちながら、ゆりとさざんかはフリーズドライの野菜の味を噛みしめる。

缶詰のタレや調味料が染みた野菜は、あの日食べた野草とはまったく違っていた。

「やっぱり味があると違うねー。調味料ドンドン最高！」

「てか、やっぱ品種改良された野菜マジすげーし！　れんれん、調味料持ち歩いてるのガチ天才じゃん！」

ゆりとさざんかは改めて「おいしー！」と声を揃える。

「そうだ、れんちゃん！　今度野草もドンドン試してみない！」

「うちが食べられるの見つけるし！」

れんげがぐーっ！　ぐぐーっとお腹の音で応えた。

「い、いい割烹だと思います！」

「「やったー！」」

ゆりとさざんかが思わずハイタッチする。

ただ一人、あやめだけがあの日の野草の草々《くさくさ》しさを思い出し、微妙な顔をしていた。

小説 もめんたりー・リリィ 〜 Precious Interludes 〜

スニーカーの足音が住宅街にバタバタと響く。

かつて多くの家族が暮らしていた家々の間を走っていくのはれんげだった。

「か、割烹《かっぽう》のことばっかり考えてたら、すっかり遅くなっちゃいました。間に合うかなー」

スカートを揺らして走りつつ、れんげはスマホで時間を確認する。

れんげ以外はスマホを持っていないので、基本的に時間は街中の時計で確認することになっている。そのため集合時間の設定はアバウトだ。

まだ余裕はあるはずだが、れんげは足を緩めない。

「割烹できるものはいっぱい手に入っちゃいましたけど」

ニヘッと表情が緩む。背負っている大きなリュックサックには新しく手に入れた調味料や保存食が過剰に詰まっている。鞄は重くなったがまったく苦にならない。食材や調味料ならいくら担いでも走ることができる。むしろ、鞄の容量で諦めた諸々のほうが気になっていた。

この数時間、れんげたちは自由行動を取っていた。

ワイルドハントが徘徊《はいかい》する危険な世界とはいえ、人間にはどうしてもプライベートな時間や空間が必要になる。そのため、偵察で危険がないことが確定したエリアではこうして個別に行動することがあった。

待ち合わせは駅前広場の大時計の前。

れんげはそれをなんとなく楽しく感じた。

世界から人がいなくなったのに、そんなことなかったみたいなごくごく普通の待ち合わせ場所だ。着いたらワイルドハントなんて現れなかった世界があるかもしれないと思わず考えてしまう。

『移動チュー』

ラットの声がそれを遮った。

世界が変わっていない……なんてことないですよね。と、れんげは苦笑してしまう。

ラットがいくつか前を横切ろうとしていたので足を止めた。

なんとなく足踏みしながら見送っていると、都会には珍しい緑が目に入った。

住宅街の一角に木々が生い茂る空間があり、近くには石造りの鳥居が見える。

「神社……。こういう緑、鎮守の森で合ってる?」

詳しいことはわからないが、昔から神社があってその一部である緑が残されているというのはなんとなく理解できた。

『整備チュー』

ラットたちが森と住宅街の境界に集まっている。

神社の敷地から大きくはみ出す木々や、道路上で繁茂している草を剪定《せんてい》していた。

「お庭の手入れみたい。そんなこともしてくれるんですね」

人が消えてしまった街で放置された植物が過剰に繁殖しない理由がわかった気がした。

れんげは何の気なしに鳥居のほうへ足を踏み出す。

狛犬《こまいぬ》を左右に控えた鳥居の向こう、木々の緑に抱かれた静謐《せいひつ》な空間が広がっている。

小さく簡素な神社だが境内に敷かれた玉砂利に乱れはなく、歴史を刻んだ拝殿もまた厳かに佇《たたず》んでいた。

れんげは息をのんだ。

境内には一人の女の子がいた。

しわひとつない制服を乱すことなく着込んだ少女がごくごく自然に背筋を伸ばして拝殿の前に立っている。後ろで高くまとめた髪はポニーテールというよりも侍の髪のようにも見えた。

彼女――あやめが賽銭《さいせん》を入れる。

拝殿の鈴を鳴らすと、美しい所作で礼をした。

神域といえる境内に彼女の柏手《かしわで》が気持ちよく響く。

あやめは手と手を合わせてじっと何かを願っていた。

れんげはまっすぐな姿に思わず見惚れていた。声をかけることも動くこともできず、境内に入ったところで立ち尽くす。

あやめは願い続ける。真摯《しんし》な祈りというものはこんなにも美しいものなのだと、れんげの心は震えた。

「自分は怖くない自分は怖くない自分の顔はぜんぜんまったく怖くない」

願いが真摯すぎたのか、ボソボソとした声が聞こえてきた。

「自分は怖くない。怖い人じゃないんだ。お願いです神様。れんげに怖がられない人になりたい。れんげが気絶しないようになんとかしたい」

「怖がってないですよ!?」

れんげが思わず声を上げ、あやめが鋭利な動きで振り向いた。それは《スルト》を振るい、連撃を叩き込む時の動きに勝るとも劣らない鋭さだ。

境内から音が消える。永遠とも一瞬ともいえる……という形容が似合う、わずかだが長い時間、二人は何も言わず、動くこともできず向き合っていた。

爽《さわ》やかな風がただただ吹き抜けていく。

「ギルティ！　これはギルティだ！　違う！　じ、自分は別に怖いとか気にしていたわけじゃなくて、でも、通りかかったところに神社があったから今後のことを考えてお参りしようと思ったんだが、そんな中、自らの欠点である表情について考えてしまって、それでだな」

「ち、違うんです！　こっそり聞いてたとかそういうのじゃないんです！　あたし、たまたま偶然ここを通りかかったら、神社があって、覗《のぞ》いたらあやちゃんがいて」

「はうっ」とれんげは息を詰まらせた。いつの間にか緊張の限界を超えていた彼女はあっさり気絶して、ころんと倒れた。

「れんげー！」

あやめが絶叫して駆け寄る。

「……さ、最近ですね。倒れるって思った時、すかさずダメージの少ない姿勢を取れるようになったんです。だ、だから気にしなくて大丈夫です。大丈夫ですから！」

「いや、ギルティだ。これは自分がギルティだった。すまない……」

れんげが気絶から覚めた後、二人は境内の隅にあるベンチでお互いにペコペコしていた。

ひとしきり謝りあった後、れんげもあやめもペットボトルの水を手に一息つく。

気まずいです……と、れんげは目を合わせることができない。

あやめも内心では、聞かれてしまった……と頭を抱えていた。

鎮守《ちんじゅ》の森を通り過ぎる風は木々をさらさらと揺らしている。

「……正直気にしている」

あやめが消え入るような声で言った。

れんげが驚いて顔を上げるが、あやめはそちらを見ないままぽつぽつと続ける。

「自分は……相手に対して必要以上に強く言ってしまうところがある。それに、怒っていると思われることも多い」

いつもまっすぐな背筋も雨に打たれた小鳥のようにしょんぼりと小さくなっていた。

「世界がこうなってしまう前からだ。自分は……」

「れ、れんげは！」

不意に上がった声にあやめが驚く。

「れんげも人見知りなの気にしてます。できれば直したいって」

そこまで言って言葉に詰まり、耳までを真っ赤にしていく。

「ぴゃう」

「うわっ！　気絶はギルティだ！　落ち着いて！」

倒れそうになるれんげをあやめが支えた。

「だ、だ、大丈夫です。割烹、割烹！」

「それは気合いか何かなのか？」

辛うじて踏み止まったれんげは水を飲んで一息つく。

あやめのほうを恐る恐る横目で見つつ、改めて口を開く。

「あ、あの……なんとかしたいって思ってるのは本当なんです」

「ああ。自分も似たようなものだからわかる」

あやめがベンチから立ち上がる。

拝殿のほうへ向かう彼女をれんげが目で追った。

「一緒に神頼みしないか」

あやめが苦笑混じりで手を合わせる。

「う、うん！」

れんげはあやめの隣に並び、同じく手を合わせた。

「怖がられませんように怖いことしませんように怖がられませんように」

「人見知りが治りますように気絶しませんように人見知りが治りますように」

思わず願いを口に出してしまっていた。


長々と手を合わせた末、最後に深々と頭を下げる。

ようやく二人は参拝を終えた。

しかし、れんげもあやめも表情は晴れきらない。

「か、神様に願い事が届くといいですね」

「ああ。だが……すべてを神頼みで済ませるというのはあまりに志が低くないだろうか」

あやめははっとして首を横に振る。

「いや、今のは説教くさい。自分自身がうまくコミュニケーションがとれないのに志がなんだというんだ！　すまない」

肩を落とす。

「い、いえ、そんな……」

れんげは緊張しつつも、口元に手をやり何か考える素振《そぶ》りを見せる。

それからスマホを取り出し、検索をかけた。世界から人がいなくなっても、サーバーが生きている限り、記事の類はおおむね残っている。

「あ、あやちゃんの言うとおりだと思います。神様にお願いするだけじゃダメだと思うんです」

れんげは検索結果を差し出した。

『コミュ強になろう！』という記事が表示されている。やけにポップなフォントと共にゆりのようなまぶしい笑顔を浮かべた女の子がトップページを飾っていた。

「れ、れんげは……コミュ強になりたいです！　コミュが強い女になりたいんです！」

「その手があったか……。何事も願うだけでは力とならない。学ぶことこそが人の持つ可能性を導いてくれる。よく思いついてくれた」

「い、い、いえ。そんな！」

れんげがスマホを操作していく。

「自分たちの中でスマホが健在なのは、れんげだけだ。検索を託す」

「お、お、おっけードドド、ドンドドンです」

「落ち着くんだ。ドンドンですらなくなっている」

緊張のあまり指が震えているが、震えていることに慣れた手つきで『コミュ強になろう！』のページを巡っていく。

「ま、まずはこれ、ですね。お話をする時の視線です」

「なるほど。しかし、自分にとっては得意分野といえる。人と話す時は目と目を合わせてと教わった。すなわち、偽りの霧を斬り裂くは聖邪の瞳」

「え、え、聖邪……？」

「合わせるぞ、れんげ！」

「は、はい！」

拝殿の前であやめとれんげはまっすぐに互いを見詰める。腕を組み、強い意志を秘めたあやめの瞳と、両手をわたわたしておどおどと揺れるれんげの潤んだ瞳が向き合う。

「む、無理でした！」

いっそ潔い弱音と共にれんげが倒れた。

「こ、これはギルティだ！　自分の、聖邪の瞳が、れんげを斬り裂いてしまった！」

慌てて抱き起こす。怪我をしないように段階的に倒れていくというマスターレベルの倒れ方だったが完全に気絶していた。

「れんげ！　れんげ！」

しばらく揺さぶっていると、れんげはあっさりと目を開ける。

「あ、あたしまた気絶を」

「よかった。だが、いくらなんでも慣れすぎていないか？」

「それはあたしも思います……。ご迷惑おかけしました」

「いや、自分こそ……目が怖くてすまない」

「あ、そ、それです！」

れんげは慌ててスマホを差し出す。

「目線なんですけど……じっと目を合わせていると圧迫感を与えるって、この記事に」

「そう、なのか。早合点してしまった。すまない……」

しゅんとした様子であやめは改めて記事に目を通す。

「なるほど。基本的には目の辺りを見るが、目と目を直接合わせるのはときどき程度か」

あやめがちらりと窺えば、れんげは戸惑いつつも両手をぎゅっと握りしめた。

「や、やります！　れんげはもう一度やります！　ときどき目を合わせるぐらいなら、れんげだってなんとかできるはずなんです！」

「一度倒れた直後だというのに。強いな、キミは」

二人は立ち上がり再び向き合う。

れんげは胸の前で両手をぎゅっと握りしめ、決意に満ちた瞳を――あやめの顔ではなく胸元あたりに向けた。ちょっとうつむいている。

あやめもまたれんげを引き裂かないように聖邪の瞳を斜めに向けて、れんげから外す。

緊張からの身じろぎで、二人の足元の玉砂利が音を立てた。

「いくぞ、れんげ。我と汝《なんじ》の覚悟をここに示す時！」

「割烹！　割烹の覚悟です！」

あやめとれんげは同時に互いの顔へ視線を向けた。

それは間合いを詰めた侍が刀を鞘走《さやばし》らせた瞬間にも、決闘するガンマンが拳銃を抜き放つ動きにも似ていた。

「やっぱり無理でした！」

「れんげー！」

目と目が合った瞬間倒れたれんげを、あやめは完璧に受け止めていた。

あやめは確信する。

「……自分の、気絶したれんげを受け止める技術が高まっている。これは……ギルティだ！」

れんげは一分ほどで目を覚ました。

「自分たちに視線の扱いはまだ難しいのかもしれない。視線というものは原初の魔、それが孕《はら》む禁じられた罪を人の身で振るうなど傲慢《ごうまん》ということだ」

「そ、そうですね。傲慢です」

あやめとれんげは再びベンチに戻って息をついていた。

目と目を合わせただけで二人は尋常ではないほど疲労困憊《こんぱい》となっていた。

「しかし、諦めたくない。人と人を繋ぐ絆は、その可能性を信じることが人の持つ罪というならば」

「な、なんだかわからないけど、れんげもです！　コミュ強になりたいです！」

「な、なので……」と、れんげは再び『コミュ強になろう！』が表示されたスマホをおずおずと差し出す。

『笑顔は練習できる！』の記事。

「め、目と目を合わせるのは難易度が高すぎるので、笑顔を練習したいです！」

「なるほど。笑顔をうまく作ることができれば怖いと言われることもなくなる」

「困ったことがあった時、なんとなく誤魔化《ごまか》して笑ってるだけで乗り切れる気もしてきました！」

二人は寄り添い、ネットに残った記事を凝視する。眉間にしわを寄せ、唇をきゅっとした表情は笑顔とは程遠い。

「な、なるほど……。表情筋」

「普段動かさない筋肉なので、意識して鍛えないといけない。理にかなっている」

ワイルドハントと戦う時よりも真剣な顔で、れんげとあやめは口角を必死で上げ、唇の形を変え、歯を剥き出して、キスのような形すら作る。「れー」「んー」と声も発した。

ふと、表情筋を鍛えている互いの顔を見てしまう。

『整備チュー』と、ラットが玉砂利を整えていた。

二人はそっと目を逸らす。

「鍛錬は一朝一夕でできるものじゃない。これは各々日々続けていくべきじゃないか？」

「う、うん」

「それから今の顔はお互いギルティなので、この罪は心の奥に封印しよう」

「そ、そうですね」

改めてスマホの記事を送る。

再び真剣な目で読み進めていく。ときどき、納得する形でこくこくと頷いた。

「そもそも自分の笑顔を客観的に知ることが必要か」

「割烹する時、機械的にレシピを追うだけじゃなくて、完成形を意識しておかないといけないってことですね」

「た、多分それでいいんじゃないか？」

れんげがスマホのインカメラをオンにした。

「先に言っておくが、まだまだ自分たちは未熟だ。表情筋の鍛錬も足りない。最初からうまくいくなんて考えなくていい。とにかく、イメージを固めることが重要だ」

「か、割烹！」

れんげは改めて気合いの声を上げた。

あやめとれんげはチラリと視線を交わす。互いにそれが「どっちから先にする？」という意思表示なのはわかってしまった。

あやめが深く息を吸い、咳払《せきばら》いした。

「自分から……いこう」

あやめはベンチから立ち上がった。

受け取ったれんげのスマホで自分の顔を映しつつ、れんげのほうに向き直る。

「笑顔。それは欺瞞《ぎまん》。蛇の囁《ささや》きであり、禁じられた果実でもある。しかし、偽りもまたいずれ真実を為す。楽園の喪失を嘆き立ち止まるぐらいなら、我はその先へ進もう」

あやめは全身全霊を込めて笑顔を作り上げた。

先ほどの練習を思い描きながら今できる渾身《こんしん》の力で口角を上げる。白い歯を見せることもまた忘れない。普段睨《にら》んでいるように見えてしまう目はしっかり開く。快活に見えるように眉を上げた。

結果、獲物を見つけた飢えた肉食獣がいた。

あやめはインカメラに写った自分の顔を静かに眺め、れんげのほうに目をやる。

れんげは座ったまま気を失っていた。

笑顔は消え、しょんぼりとしたあやめが残った。

「はっ！」

あまり間を置くことなく、れんげが目覚めた。

「ご、ごめんなさい！　あ、あたし」

「いいんだ。自分たちはまだ未熟だ。さながら群れを追い出され、孤独と飢えに苛《さいな》まれた狼の末路のようだったのは認める」

「さ、さすがにそこまでじゃなかったです！」

慌てて立ち上がったれんげがあやめからスマホを受け取る。

「れ、練習です。とにかく練習なんです。割烹だって最初はうまくいかないのは当たり前ですから」

「れんげ……」

うなだれていたあやめが眉を下げる。

「れんげも……笑顔になります。見ていてください、あやちゃん！　れんげのコミュ強笑顔！」

れんげもまた同じくインカメラで自身を映しながら、あやめに向き直る。

全身に力が入り、身体はがちがちだった。表情も硬く、唇は横一文字に閉じられ、目はぐるぐると回っている。

れんげは意志の力でそれを解きほぐそうとした。

固く結ばれた唇を解き、緩める。懸命に端を上げて笑みを作ろうとする。目を細めて笑っているような感じを出そうとした。柔らかい表情にするために眉をできるだけ下げていく。緊張でからからの喉から息を送り出した。

結果としてできたのは、怯《おび》えきった表情に唇の端だけ中途半端に上げて、細い目と困り果てたような眉で無理矢理に笑顔とした、命乞いの表情だった。さらには喉から「へ、へへ」と声も漏れた。まごうことなき命乞いだ。

れんげはそのままインカメラに写った自分の顔を眺める。

あやめは沈痛な面持ちで目を伏せた。

「すまない。自分が野獣のような顔をしたせいで……」

「い、命乞いじゃないです！　怯えてないです！」

れんげとあやめがベンチに腰を下ろす。

うなだれた二人は心身共に限界寸前だった。

「日々の研鑽《けんさん》が笑顔を生む。表情の筋トレと、イメトレを続けよう」

「か、割烹」

ぼそぼそと口にした。

れんげはスマホの記事をもう一度見て、それからポケットにしまった。

「や、やっぱり……ネットに載ってることはレベルが高すぎます」

「そうだな。これはきっとすでにコミュ強に達した者のために書かれた記事なんだろう。自分たちには程遠い。ならば……自分たちは何から学べばいいんだ」

「え、えっと……記事が遠いなら、近くの、何か？」

「近く……」

呟き、次の瞬間、あやめははっとした表情で顔を上げた。

「そうか！　ネットの記事が自分たちにとって遠すぎるなら。もっと近いものを参考にすればいい」

「で、でも近いって何が近いんですか？」

「つまり自分たちにとって身近なコミュ強の者だ」

「ゆりちゃん！」

「そのとおりだ。自分たちはすでに知っていたんだ！」

「人見知りすぎてすぐ気絶するあたしにも声をかけてくれて。一緒に行こうって誘ってくれました。知らない人にそんなことできるなんてすごいです！」

「そうだ。自分もゆりによって誘われた。だから、ゆりをトレースすることができれば――」

あやめは不敵に告げる。

「自分たちもコミュ強だ。いや、河津ゆりかもしれない」

「あ、あたしが実質ゆりちゃん」

「だから、ゆりの特徴を挙げていこう。それを真似すればいいわけだ」

「な、なるほど……」

「ゆりといえば」

「「ドンドン！」」

声が重なった。

「いっつも笑顔です！　ちゃんとした笑顔！」

「必要以上に距離が近い。話す時はギルティなほど顔が近い！」

「お、おっけードンドンドン！」

「ドンドンが惜しいが、その調子だ！」

れんげとあやめは確信をもって頷き合う。

「れんげ。このままゆりをするぞ！」

「ドンドン割烹！」

二人は思いきり顔を近づけ、できる限りの笑顔を浮かべた。飢えた狼と命乞いするチワワのようだったが勢いで続ける。

「ドンドンドンだ！　自分ドンドドン！」

「もう無理ですドン！」

そして、れんげが卒倒した。

「ドンドンドンー！」

れんげの名前を呼べなかったあやめだが、反射的な動きで倒れる彼女を抱き留めていた。

「はっ！　つい気絶しました」

「気絶から覚醒がスムーズすぎる」

言いつつあやめは腕を組み、れんげはがっくりする。

「やってみてわかったが、ゆりを参考にするのは……無理だな。正直ドンドン言ってただけだ」

「そ、そうですね。ゆりちゃんみたいに笑って、ゆりちゃんみたいに気軽に話しかけて、顔を近づけることができるなら、こんなに困ってないです」

「諦めよう」「諦めます」

やけに力強く言った。

「だが、これは重要なヒントだといえる。ゆりのようなコミュニケーション能力を持ちながら、自分たちが真似ることができる人物を参考にすればいい」

「つまり」と、あやめは眼鏡を押し上げる。

「さんちゃんですね！」

「そうだ。コミュ強の陽キャであるのは間違いないが、そこには弛《たゆ》まぬ努力がある。いつもきちんと考えながら喋《しゃべ》っている。つまり、自分たちでも努力次第で真似ることができるというわけだ」

「さすがいいんちょーです」

「それはギルティだ。だが、幼い頃から知った仲だというのは間違いない」

あやめとれんげは先ほどと同じように立つ。距離を詰めすぎてれんげが倒れないように、程よいスペースは空けた。

「なら、始めよう」

「さ、さんちゃんといえば！」

「てか、マジガチだしー」

「や、ヤバいって。マジでガチヤバいんだって」

「マジ大いなる咎《とが》に贖罪《しょくざい》者の断罪をじゃん」

「ガ、ガチ焼き肉定食でマジ麻婆《マーボー》豆腐だし」

「「おけまる！」」

二人は黙り込んだ。

「ギルティだ！　表面をなぞっただけじゃないか！　何が考えながら喋ってるだ！　自分は今、何も考えていなかった……」

「難しい言葉何言ったらいいかぜんぜんわかんなかったです。お腹すきました」

「コミュ強である本質はマジとかガチとかじゃない……。わかっていたはずなのに」

「諦めよう」「諦めます」

二人は潔かった。

あやめが再び眼鏡を押し上げる。木々の合間から漏れる光がレンズを煌《きら》めかせた。

「自分たちは言葉に囚われていたのかもしれない。コミュニケーションとはなんだ？　それは人を受け入れる立ち振る舞い。包容力のことではないのか？」

「つ、つまり」

「そう！　自分たちが目指すべきはえりかだ」

「お、おねえちゃん！」

そろそろ慣れてきた二人に迷いはなかった。

「あらあらひなちゃん。おねえちゃんいいわよいいわよー」

「お、おねえちゃんがだっこしたげる」

「まあまあ。おねえちゃんもそれはギルティだと思うわー」

「お姉ちゃんの知恵袋。ビタミンＣは熱に弱いから、葉物野菜を加熱する時はほどほどにするわねー」

あやめもれんげもえりからしく柔和な様子でふわりと身体を弾ませる。さらに弾ませる。とにかく弾ませた。

やがて二人は息をつき、やけに神妙な顔をする。

「……その、なんというか。自分とれんげでは足りないと思わないか？」

「そ、そうですね……。あの、いわゆる……包容力」

「諦めよう」「諦めます」

しかし、まだ二人の目は死んではいない。

「ところで、れんげ。自分たちは比較的インドア派だ。なら、インドア派をトレースするべきだ」

「そ、そうですね！」

「すなわち、ひなげし。世界がこうなる前はオンラインゲームもたくさん遊んでいたと聞いている」

「い、言われてみれば、コミュニケーションがワールドワイド！」

「そうだ。ゲーマーはコミュ強に決まっている」

「じ、実況とか聞いたことある気がします！　記憶ないですけど！」

境内の真ん中で、あやめは何かレバーっぽいものをエア操作し、れんげは携帯ゲーム機らしいもので遊んでいる感を出す。

「ギルティだなー。床ペロ大好きかー？」

「お、同じ技ばっか擦《こす》って赤ちゃんでちゅねー」

「台バンさせたる！　なんだー断罪すっかー？」

「やってられっかよ、クソゲー！　割烹！」

あやめとれんげはそれぞれのエアゲームプレイをやめて、首をかしげた。

「……ただの口が悪い人なのでは？　明らかにマナーがギルティだ」

「あ、あたし、ひなちゃんがこんな感じで言ってたか自信がなくなってきました」

「エアプどころか、エアひなげしだ」

あやめもれんげも思わず冷静さを取り戻し、互いのエアゲームプレイなポーズを見る。

「これはなんだか……物真似の練習のようだ」

「記憶はないですけど、文化祭前にこういう練習してる人がいそうです」

二人は胸の中の空気をすべて吐き出してしまうほどの長い長いため息をつく。

どちらからともなく思わず苦笑した。

「ギルティだったな。やはり、何事も近道はなしだ」

「え、笑顔の練習を続けるぐらいしかわからないです……」

自然と二人は拝殿へ向き直った。

もう一度、揃って目を閉じて手を合わせる。

「『いつかコミュ強になれますように』」

最初と同じように二人は長く手を合わせ、願う。

静謐な境内には自然の音しかない。

しかし、そんな中であやめが重い息を漏らしたことにれんげは気づいた。

れんげは思わずそちらを見てしまう。あやめも視線を感じたのか、目を開けて困ったように眉を下げた。

「ギルティなことを考えてしまったんだ」

拝殿に向かうあやめの目にいつもの鋭さはない。

「ここで願って意味があるのか？　神様という者がいるなら、世界はこうならなかったんじゃないかと。心のどこかでそう思っているから、自分は最初から世界をどうにかしてほしいという願いではなく、自力で手の届くようなことを願ったのかもしれない」

あやめは世界が変わってしまった直後を思い出そうとする。あの時、人が消えていく中で、自分は神様にお願いしただろうか？　その記憶は朧気《おぼろげ》で答えは出ない。

「神様のことはわからないです。でも、あやちゃん」

れんげは気づかないうちに半歩、あやめに身を寄せていた。

あやめの眼鏡のレンズにれんげの微笑みが映り込んでいる。それは命乞いではない。

「れんげがここで偶然あやちゃんと出会ったこと。あやちゃんが内緒にしてることを知っちゃったこと。ううん。ゆりちゃんやみんなに会えたことも」

レンズに映り込んだれんげの笑顔が輝いた。それはゆりが浮かべる天真爛漫《らんまん》でまぶしい笑顔にも似ていた。

「神様のおかげかもって。そう思ってます」

あやめもまた表情を柔らかくする。そこに陰りはなかった。

「そうか。そうだな」

あやめは改めて拝殿に手を合わせる。れんげもそれに倣う。

今度ははっきりと願い事を言葉にする。

「「みんながずっと楽しい毎日を過ごせますように」」

深々と一礼して、あやめとれんげは緑映える神社の境内を去って行く。

仲間たちが待つ場所へ足早に、笑顔の練習の変な顔をしたりしつつ駆けていく。

「あと、世界をどうこうするのと同じぐらいコミュ強難しくないですか?」

「そのとおりだ……！　神様！」

飾りのない青空の下に立ち並ぶビルもまた何の飾りけもないものばかりだった。

とはいえ、すべてのビルが同じ色をしているわけではない。一階に大手のカフェが入っているものもある。それぞれのビルにはどんな会社が入っているのか自己主張する看板も出ている。

それでもビジネス街は、ほかの場所より何もないように見えると、ひなげしは感じた。広い道路を走る車の姿がないこともそこに拍車をかける。

長くまっすぐな髪を揺らし、厚手のタイツに包まれたほっそりとした足をとてとてと歩ませる。

そんなひなげしの足元をラットの一団が走っていた。彼女を護《まも》るように展開したラットたちは少女を護る小さな騎士のようでもあった。

ただし、ラットたちの身体には小型のダガーが刺さっている。ひなげしによってハッキングされている証だ。

「よーし。ラットくんども、散開だ」

手にしたダガー《グレイプニル》を指揮棒のように振るう。

ラットたちは『偵察チュー』と一糸乱れぬ動きで無人のビジネス街に広がっていった。

ひなげしのネコモデル眼鏡がレンズを明滅させる。

《グレイプニル》やその端末と連動する眼鏡はラットの視覚情報を受け取り、ＡＲグラスとして周囲一帯の情報を投影する。

ひなげしはラット自身が出す警報と合わせて情報を処理しつつ偵察していた。

「うん。現状、ワイルドハントくんはいないいな」

偵察の範囲外から不意に移動してくるワイルドハントまでは読めないが、一帯にいる敵に関してはかなりの精度で見つけることができる。

「疲れたー。ＡＰ使い切ったやつ」

当然極度の集中が必要となる。

ひなげしはあくびすると眼鏡を外して目頭を揉む。

「ひなぴー！」

そんなひなげしの頭上から声がした。

ビルの壁面を走り、一人の女の子が降りてくる。

ビルのガラスに鮮やかな髪が躍り、ショートブーツが壁を蹴る。

クロスボウ《グングニル》から射出したワイヤーを伝い、軽やかに着地したのはさざんかだった。短いスカートがひらりと翻る。

「マジおつー」

さざんかがニッと笑ってウィンクする。

対して、ひなげしは「おつー」と気だるげに返した。

「護衛あんがとな」

「おけまる！　うち、そういうのガチ向いてっかんな」

ひなげしは先ほどまでさざんかがいたビルの屋上へちらりと目をやった。さざんかはそこから眼下の街を見張っていたのだ。

ラットを使っての偵察時、ひなげしはどうしても無防備になる。そのため、高所から肉眼での偵察と長距離攻撃を行うことができるさざんかとペアを組むのがいつものパターンだった。

「ガチ疲れたじゃん。今日は上、マジあっちーし」

「気温高ぇよな。てきとーな天候しやがって」

ひなげしは空の青さを心底嫌そうに眺める。

「とりま、マジちょっと休憩でおけまる？」

「ひな的にもそれでいーよ。インターバルいれねーと」

二人はビル入り口にある花壇に座り一息つく。

戻ってきたラットたちもひなげしの足元で『休憩チュー』と停止していた。

みんなで向かう方向を決めたら、ひなげしとさざんかで一定範囲の偵察を行い、危険がないことを確認の末、偵察範囲を広げていく。できる限りワイルドハントと遭遇するルートは避ける。

それを終えてから初めて全員で移動する。ひなげしたちはこうして活動範囲を広げてきた。

この後も二人は数か所で偵察を行う予定だ。

「ひなぴさー。肌マジで白いけど、コスメ何使ってんの？」

「んー？」

ひなげしは心底興味なさそうな顔で携帯ゲーム機を取り出し、ゲームを始める。

「コスメコスメ。そーいや、聞いたことなかったし」

「……化粧水」

「ナチュラルメイクっていうか、マジほぼナチュラルじゃん！　ナチュラルでそれマジヤバい！」

「ヤバくねーから」

覗《のぞ》き込んでくるさざんかに対して、ひなげしは極めて自然な素振《そぶ》りでゲームに前のめりになるように顔を背けた。

それはひなげしにとって、『この話は終わりな！』という合図でもあった。

「ひなぴひなぴ。その化粧水ってマジ何使ってんの？　どこで買ったやつ？」

「憶えてねー」

応えつつもひなげしは『話しかけるな！』オーラを全開にする。

「マジそこをなんとか。マジでマジでひなぴー」

ぐいぐい来る。

ひなげしは心の中で吼《ほ》えた。

『ダメだこいつ！　ひな的なオーラぜんぜん通じねー！　無敵かよ！』

はっきり言えば、ひなげしはさざんかが苦手だった。

嫌いというわけではなく、むしろ、陽キャなのに自然な形で陰キャと仲良くできるチートレベルでいい子だと思っている。オタクに優しいギャルは実在した。なので、話をすることができないわけではないし、普段はツッコミを入れたりもしている。

ただし、それはみんなでいる時の場合だ。

『さざんかくんは陽キャでこっちは陰キャ。ひな的に二人きりは死ぬほど気まずいんだよ！　陽キャとタイマンで何話せばいいのか選択肢の正解わかんねーし、そもそも趣味のジャンル合わねー！　なんだよ、コスメって！　そんなん買うお金あったらゲームかグッズ買うし、そんなこと考えてる暇あったら、コンボ練習かレベル上げするだろ！』

平静を装ってゲームをしながら、ひなげしは心の中で思い切り早口で愚痴をこぼしていた。

ひなげしにとって偵察は別段難しいことではない。さざんかと二人きりでやりとりすることのほうがずっと困難で、そちらのほうが悩ましい。

「ひなぴ、どんなゲームしてんの？　ガチおもしろい？」

「んー。いっぱい殺して、それ以上に殺されるやつ。そこそこおもしろい」

応えつつ、『うぉぉおっ！　陽キャはこういうとこメンタルがカンストしてんだよな！　どう見ても話しかけてくれるなってオーラ出てんだろ！　人間関係のエイムガバガバかよー！』と悶《もだ》えていた。

しかし、実のところ、ひなげしの読みは外れていた。

さざんかの思考はひなげしの想像とはまるで違うのだ。

ニヤニヤしつつひなげしに話しかけているさざんかだが、彼女は『話しかけるな』オーラに気づいていないわけではなかった。むしろ、陽キャであるさざんかは相手の反応に敏感だ。コミュニケーション経験が多く、友人関係の摩擦に気を遣う陽キャにとって、それは必須スキルなのだ。

『マジ今のまずったなー。そっか、ひなぴコスメに興味ねーもんなー。ケアしねーで肌つやつやなのマジ羨《うらや》ましいし。うちすぐ荒れっから……。じゃねーし！　ひなぴ相手ならガチで話題変えねーと』

若干の脱線を含みつつも、さざんかはマジガチと話しかけながら、思考を高速回転させていた。

話しかけられたくない相手に対して、距離を取るという考え方もわかる。だが、さざんかは自分が嫌われていない限り、少しずつ相手のことを理解して、自分のことも理解されて仲良くなることを望んでいた。いつも微妙な空気になる偵察時間ももっと楽しい一時に変えたかった。

『相手の好きなもんにガチ合わせてけ。機に臨み、変に応ず。マジ臨機応変。ガチで人を見て法を説くじゃん』

さざんか流コミュニケーションの鉄則を思い起こす。

『マジ自分が楽しいことを押しつけるのではなく、相手が楽しいことをガチ理解するじゃん』

一瞬の間の無数の思考を経て、さざんかはごくごく自然に会話を進める。

「そのゲーム、マジおもしろそー！　うちも遊べる？」

「あー。悪ぃな。このゲーム一人用なんだ」

ひなげしは淡泊に告げた。

その心の中ではあらかじめ想定していたカウンターが完全に決まったことで、思わずガッツポーズをキメていた。ここが自宅なら会心のできに思わず喜びの台バンをしていたかもしれない。

『そう来ると思ったぜ、さざんかくん。だから、ひな的にはさざんかくんと二人の時に遊ぶゲームはソロプレイだけにしてんだ。ゲームから変に話題が広がったら、何喋っていいかますますわかんなくなるしな！』

ひなげしが対さざんか向けのゲームを遊び続けて一か月以上。実は四周目に突入していた。いわゆる死にゲーだが、もはやどんなビルドでも片手間プレイでクリアできてしまう。

「ま、さざんかくんと一緒に遊べるものがあれば遊びてー気はするが」

そこまで言ったところでひなげしは失態に気づいた。

それはさざんかが向けてくる好意に対しての後ろめたさから発した言葉だったが、長い間の仕込みが実ったがゆえの高揚感が生んだ油断でもあった。

『いや。マルチプレイできるもんなんて、さざんかくんが持ってるわけ……』

ひなげしが楽観的な考えを終える間もなく、さざんかは次の手を仕掛けていた。

「あるある！　マジあるし」

　さざんかがトランプを取り出し、ひなげしがこっそりと目を見開いた。

　ひなげしの好みを取っかかりとするつもりだったさざんかだが、ゲーマー少女が珍しく見せた隙を逃すほど甘くはなかった。

『マジ人に致して人に致されず。時にガチ強引に仕掛けるべしで、戦場は自分で選んで先行するわけじゃん！』

　ゲーム機というひなげしの戦場から、トランプというさざんかの戦場へ移す機会を、彼女は逃さなかった。

「あー。でも、ここじゃできねーだろ」

　ひなげしが自分たちが座るビル前花壇を示せば、

「そこの星《スター》バ使っちゃえばよくね？」

と難なく返される。

　フラペなんとかでおなじみ、オフィスビルの一階に入りがちな、みんなご存知のカフェ、星バは確かにすぐそこにあった。

「トランプって二人用のゲームあったっけ？　やるなら戻ってからみんなで」

「『戦争』『ハイ&ロー』『スピード』マジどれにする？　ルールならうち詳しいし」

　さざんかが畳みかけ、ひなげしはただただ守勢に回る。

『抜け目ねーなー！　陽キャは！』

ひなげしは戦慄《せんりつ》した。

その間に、さざんかはもうビル一階にある星バに入っている。

やむをえず、ひなげしは彼女を追った。

久しく使われていない店内だが、ラットたちがきちんと掃除していて清潔感はそのままだった。

コーヒーの香りはまだ残っている。

初夏のような気温だった屋外と比べれば、程よく空調が効いた店内は快適だ。

「じゃ、ひなぴ。何遊ぶ？」

「あんまり長く休憩してると、あやめくんに怒られるぞ」

「マジちょっとだけじゃん」

さざんかが慣れた手つきでトランプをシャッフルする。

ひなげしは渋々ながらテーブルを挟む対面に腰掛けた。

「トランプのゲームかー。ひな的に……神経衰弱でもいいか？」

「おけまる！」

さざんかがテーブル上にカードを広げながら、自分のペースに持ち込めたことを確信した。彼女が用意したトランプのゲームはルールの簡単なものばかりだった。伏せられたカードから同じ数字のカードを探していくだけの神経衰弱ならなおさら。

これならゲームを遊ぶことにかこつけて自然な形で会話を交えることができる。さらにはそこからゲーム以外の会話へと広げていくこともできるだろう。

ジャンケンをして先行を決める。

先行のさざんかからカードをめくる。最初は手掛かりもなく、まったく違う数字のカードをめくって伏せ直すだけだ。それはひなげしも変わらない。

淡々とカードをめくるだけの序盤戦が展開される。

「ひなぴ、さっきのゲームだけど」

さざんかはごくごく自然に話を振った。選ぶ話題は『相手が楽しいことをガチ理解する』の方針どおりにひなげしの好みに寄せておく。

『これなら……マジ応えるしかないじゃん』

心の中のさざんかはマジ不敵に笑った。

「ちょっと黙って。ひな的に今記憶してる」

さざんかの中のさざんかが一転ガチ愕然《がくぜん》とした。

対して、ひなげしの内のひなげしは格ゲーで追い込まれたところから二択を読み勝ち、大ダメージ確定のコンボに入ることができた時と同じ舌なめずりをしている。

『ターンエンド宣言以外のコミュニケーション取らなくていいゲーム選んだら、こっちのもんだ』

集中していることは、お話をしない言い訳にできる。

わずかな気の緩みからつけいる隙を与えてしまったが、それを利用しての逆転。味方が全員リスポーン待ちの孤立無援から敵チーム全員爆破。逆転の糸口をつかんだ時に等しい快感が背筋を這《は》い上っていく。

「集中、集中なー。それな」

ささざんかは困った顔をしていた。

「てか、マジ集中できねーように話しかけるとか、心理戦っぽくね？　さっきのゲームの話もっとするし」

へらへらと話し続ける。

『いくらなんでも強引すぎんだろ！　さざんかくんのコミュニケーション、スーパーアーマーついてんのか』

ひなげしは愕然とする。辛うじてできたのは、それを表に出さないように押し殺すことだけだった。

しかし、さざんかにとっても、このコミュニケーションは苦しまぎれの一手だった。ここでひなげしの『ちょっと黙って』に従えば、ゲームが終わるまでの会話が禁止されてしまう。今日だけではなく今後もゲーム中は会話しないという暗黙の了解ができてしまう可能性すらある。

だから、さざんかはひなげしを怒らせてしまうリスクすら承知で賭《か》けに出たのだ。

「だから、集中してるっつってんだろー」

ひなげしには強く撥《は》ねつけ、ゲーム中は黙るというルールを決めることもできた。しかし、さざんかが嫌いなわけではない彼女は、あまり強く否定することができなかった。それならば現状維持としてひとまず受けるしかない。

『起き攻め二択かよ』

賭けに近かったさざんかの判断はひなげしの対応手段をかなり狭めることに成功していた。

しかし、ひなげしもまた諦めてはいない。何としても陽キャとのコミュニケーションを誤魔化《ごまか》すために対戦ゲームの駆け引きで培った手段を模索していく。

『おもしれーじゃねーか、さざんかくん』

ひなげしもさざんかも神経衰弱以外のことばかりを考え続けているので、そちらはぐだぐだになっていた。いつまで経っても数字が揃わない。ついさっきめくったカードも憶えていない。

⁂ ⁂ ⁂ ⁂ ⁂

一方、二人がいる星バを密かに見守る女の子がいた。

「がんばれ……！　がんばれ、さざんか……！」

ビル前花壇の傍にしゃがみ込んだ少女の眼鏡の奥、眼差しが店内をじっと見詰めている。手に汗握るという言葉どおり両手を強く握り締めれば、後ろで束ねた黒髪が揺れた。

隠れているのはあやめだ。道端でこそこそしている彼女の傍を、ラットが『移動チュー』と通り過ぎて行く。何をしているのだろう？　と小首をかしげるような動きも見せた。実際には全身を傾けている。

　ひなげしとさざんかが偵察を行う間、ほかのメンバーは待機するか、物資調達などほかの作業をしている。大人数でついていってワイルドハントを刺激しないためだ。

　しかし、今日のあやめはあえて単独でこっそりとついてきていた。用事を済ませばすぐに戻るつもりでもいるが、そうせざるをえなかった事情がある。

　星バの店内の様子は遠くからでは正確にはわからない。だが、さざんかとひなげしがトランプで何かゲームをしていることや、さざんかが一生懸命話しているのはわかった。

「罪と罰は表裏一体。因果は常に帰結する。キミの努力は実を結ぶはずだ」

　あやめはさざんかから相談を受けていた。事情を誤魔化しつつ、さりげなくではあるが、さざんかはひなげしと喋る時にどういう話題を選べばいいかと、あやめに尋ねた。

「……自分では答えられなかった。力になれなかった」

　あやめはコミュニケーションが苦手だ。無難に「ゲームの話をすれば？」「何かゲームをすれば？」と言ってはみたものの、その程度はさざんかも思いつくだろうと考えていた。

　昨日の夜、寝る前にさざんかがトランプやそれ以外のちょっとしたカードゲームをこっそり準備しているのを目にした。

あやめはさざんかの努力を知っていたが、この時改めて実感した。そのコミュニケーション能力は間違いなく、小さな努力の積み重ねの上に成り立っているのだ。そうでなければ、あやめのたどたどしい助言など受け入れないだろう。

その努力が報われるようにと、あやめは願う。涙が滲《にじ》んできた。

「うう、ぐす」

それはあやめの嗚咽《おえつ》ではない。

突然隣から聞こえた鼻をすする音に、あやめは思い切りのけぞった。悲鳴を上げなかったのは奇跡だった。

「ひなちゃん。おねえちゃん今すぐだっこしてあげたい」

花壇の反対側でえりかが目を潤ませている。少し背の高い身体を丸め、両手で頭を隠すようにした彼女はあやめと同じく星バ店内の二人を見守っている。

その足元を先ほどのラットが何してるんだろ……という様子を見せつつ『帰還チュー』と通り過ぎていった。

「あ、あやちゃん」

えりかもまたあやめに気づき、声を上げた。途中で辛うじて自分で口を塞いで、大声になってしまうことだけは防ぐ。

「これは……お互いギルティだな」

「そ、そうねー。おねえちゃんもギルティね」

二人して気まずい顔になる。

「自分は……さざんかに気になることがあって来てしまったが。えりかはひなげしを見守っているのか？」

「あらあら。そうね。そうなの」

えりかは恥ずかしげに頬を押さえつつ、その視線をひなげしに向ける。

店内のひなげしは憮然《ぶぜん》とした顔で何か話していた。さざんかがケラケラと笑って返す。

「今のひなちゃんは前よりもっとすごいわ。でもおねえちゃんとしてちょっとだけ心配で」

花壇の陰で縮こまったまま、えりかはぽつぽつと話す。

「世界がこうなる前からひなちゃんが学校に行ってなかったって話は前に聞いてるわよね」

「ああ。ひなげし本人から、だな」

えりかが頷き、ずいぶんと遠くなってしまった以前の世界へ思いを馳せる。

「学校で辛いことがあったわけじゃないの。ただ、クラスのみんなと同じ話をできなくなっただけ。話題が合わないっていうと簡単だけど、ひなちゃんもクラスメイトもお互いに興味を持つことができなかったのよね」

「少し理解できる。自分は友達がいなかったから」

友達が多いクラスメイトや、さざんかと自分はどこか違うのか？　と考えたこともあった。

「でも、今のひなちゃんはできるだけコミュニケーションを取りたくないっていうコミュニケーションを取ってるの」

「……そうか。ひなげしから見ると、そうなるのか」

あやめは眼鏡を押し上げた。

「ひなげしはコミュニケーションを取りたくないが、大事な仲間のさざんかを拒絶したり、関係を断絶させたくもない」

えりかが頷く。

「さんちゃんのほうは大事な仲間のひなちゃんに嫌だとか、話したくないって思われないように、積極的にコミュニケーションを取りたいのね」

あやめとえりかは苦笑するしかない。

「あらあら。気持ちはほとんど同じなのに」

「行動が交わらないな」

コミュニケーションの攻防に気を取られてかなりぐだぐだだった神経衰弱は、ひなげしが最後のカードを揃えたことでようやく終わった。

「マジかー！　ぼろ負けじゃん」

「憶え方みてーのはあるからな」

ちょっと気が散りすぎだったと反省しつつも、ゲーム自体はひなげしの圧勝だった。

「とりま、もう一回やる？」

「そろそろ偵察に戻らないとだろ」

ひなげしは荷物から缶詰とエナジードリンクを取り出しテーブルに置いた。

「だから、その前に回復しねーと。スタミナ使ったしな」

「おけまる。じゃあ、うちもお昼にするし」

さざんかもまた持ってきていた缶詰と女子力高いコンパクトな水筒を取り出した。

「マジカフェごはんじゃん」

「星バで缶詰開けるのがカフェごはんでいいのかよ」

返しつつ、ひなげしは内心でガッツポーズをキメていた。

『残念だったなさざんかくん。ここがゴールなんだよ。ひな的な赤いヒゲおじさんが旗つかんでゴールして花火も上がってる』

ひなげしのそもそもの目的は食事の時間までできる限りコミュニケーションを避けることだった。さざんかの徹底抗戦で無傷とはいかなかったもののなんとかここまで辿り着いた。

ご飯の間は食事に夢中になって黙っていても自然だ。お昼ご飯が終われば、偵察の続きを行うし、その後も途中で若干の休憩を挟む以外は事務的な会話で済ませることができる。

「ひなぴひなぴ。缶詰わけっこしねー？」

さざんかの一言はひなげしのゴールをかき消した。

『まだ仕掛けてくんのかよ、陽キャ！』

内心で憤然とするひなげしだが、一方でさざんかの行動はアドリブではなかった。

さざんかもまたここで仕掛けるつもりだった。

『マジ想定どおり。彼を知り己を知れば、ガチ百戦して殆《あや》うからずじゃん』

さざんかはひなげしがお昼ご飯に何を持ってくるか知っていた。具体的には昨日の夜、ひなげしが準備しているのを横目でこっそり見ていた。普段、ワイルドハントを相手に高難易度の狙撃を行っている狩人にとって、それは造作もない。荷物を勝手に漁《あさ》ったわけではないので倫理観としてもセーフだ。

その情報を得た上で、さざんかはひなげしと別の缶詰を選んで持ってきた。

『これでマジお弁当わけっこみてーなのできるし！』

わけっこすればどうあってもそこから話を弾ませるしかない。

さざんかもまた目的達成を確信していた。

「あれあれー？　さざんかくん、同じ缶詰だな」

「マジで」

さざんかは思わず声を上げてしまった。

『よく食い下がったな。FPSのマルチでも、さざんかくんみてーにしぶといのが一番厄介だ。でもなー!』

昨夜の準備中、ひなげしはさざんかが自分の荷物を見ていることに気づいていた。陰キャはなんとなく後ろめたい気持ちで生きているので視線に対して過剰なほど敏感なのだ。なお、これは彼女の自論で諸説がある。

ともかく視線に気づいたひなげしは、陽キャなら何か気の利いたことを考えているに違いないと過剰に考えを巡らせた。

さざんかが見ていたものがお昼の食べ物で、お昼の陽キャは何をするか? それはお弁当のわけっこだ。

『あ、その唐揚げおいしそー。うちの卵焼きと交換しねー? とかいうやつだろ。ひなは現代ものRPGとか、恋愛シミュレーションで詳しいんだ!』

そこで大変シンプルな対策として自分のお昼を別のものに入れ替えた。

しかし、ただ入れ替えるだけでは意味がない。さざんかのお弁当わけっこが成立するのは、二人の缶詰が別の種類の場合だ。ひなげしにはさざんかと同じ缶詰を選ぶ必要があった。

寝ているさざんかの荷物を調べることも考えたが、その選択肢は早々に潰した。他人の荷物を勝手に探るのは人間的にアウトだ。ゲームはルールとマナーがあってこそ楽しいもので、それを放棄した界隈はことごとく衰退する。ゲーム脳ゆえの倫理観だった。

ひなげしはさざんかの選んだ缶詰を推理することを強いられた。

食料は基本的に共有のアイテムとして管理されている。今回のように個別に行動する時はその中から好きなものを選んでいいルールだ。

現状の缶詰の種類は十種。もともとひなげしが選んでいた焼鳥の缶はさざんかも選んでいないことが確定している。しかし、それを除いても九種類の中からひとつを選ぶこととなる。

ひなげしにとってそれは九択を意味しない。

まずセオリーから選択肢を絞る。対戦型のゲームでも初手の選択肢は無数に存在するが、実際に選ばれるのはアドバンテージを得ることができるいくつかの行動に絞られていく。格闘ゲームであればそのキャラクターの能力を活かすことができるか、相手との相性で有利になる行動で、FPSであれば序盤のセオリーを押さえることは必須ともいえる。

そこで、ひなげしはカレー缶のような夕飯向けの缶詰を選択肢から除外した。さざんかがお昼にそれらを食べている印象もない。わけっこもしづらい。

選択肢自体を減らし絞り込む。

さらにひなげしは缶詰を選ぶための重要な情報を持っていた。相手が何者かわからないオンライン対戦と違い、さざんかという対戦相手の性格をよく知っている。これは大きな情報だ。

『身内との対戦なら、それも駆け引きになるとこだが。今は一方的なアドバンテージだ』

「さざんかくんも、パンの缶詰かー。これ意外といけるよなー」

ひなげしは自分の推理が当たっていることを改めて確認した。

さざんかはお昼にはパンやお菓子を好む。スイーツを食べにいくギャルの習性で、残る缶詰の中から選ぶなら十中八九、この缶詰だと決め打ちした。

「それな！　非常食なのに、ガチしっとりしてんの。カフェ向けじゃん」

缶詰を開けて中身を取り出す。缶詰の形に合わせて縦に長いが、下部を紙カバーで包まれた見た目はパン屋に並んでいるものとほとんど変わらない。

「「いただきまーす」」

二人は手を合わせて缶詰パンを口に運ぶ。

さざんかが言うとおり、ぱさついたところもなく柔らかな食感が口の中に広がる。アクセントとして練り込まれたチョコレートもしっかりと甘い。小麦の香りがふわふわと広がる。

「うめー。マジうめーし」

「だなー」

黙々と食べつつ、ひなげしは頭の隅で昨日の計画を思い出す。

さざんかと同じ缶詰を選べば、できる会話は味の感想とそれへの相槌《あいづち》のみとなる。これもまた選択肢を絞る行為だ。あと、何よりさざんかは好物を食べている時、「マジうめーし」しか言わなくなる。

ひなげしもさざんかも黙々とパンを食べる。

チョコパンに気を取られたさざんかは実際「マジうめーし」以外の言葉を失っていた。

想定外の対応に手こずりつつも、ひなげしは今度こそ勝利を確信した。

そんなことより、パンがおいしいと小さな口をもぐもぐと動かす。

しっとり感のあるパンだが、ボリュームから口の中の水分が奪われていく。

ひなげしはエナジードリンクを開けて一口飲んだ。強い炭酸が独特の味と匂いと共に喉を流れ落ちていく。

「ぬりーな。しかたねーけど」

拠点がある時は冷蔵庫で冷やしているが、移動中は常温で飲むしかない。最近は常温のエナドリもクセがあっていいのでは？　と思いはじめてもいた。

「ひなぴ、チョコパンにエナドリ、マジうける。合わなくね？」

「これはこれで」

さざんかは「それなー」と少し考える素振りを見せると席を立ち、星バの紙カップを持って戻ってきた。

「ひなぴ、紅茶いける？　えりねえ、いつも入れてたっけ？」

「うん。カフェイン入ってるから好き」

「てか、好きなとこマジそこなん！」

さざんかは笑い転げつつ紙コップに水筒の湯を注ぎ、持ってきていた紅茶のティーバッグを入れた。しばらくすると湯気と共に紅茶の甘い香りが店内に漂う。

「あんがとな」と告げて、ひなげしは紅茶を飲む。冷房の効いた店内で飲むホットの紅茶はやけに身体に染みる。潤った口に放り込んだチョコパンからさっきよりもはっきりと味が伝わってくる。

「マジうめー」

さざんかはツインテールをご機嫌にひらひらしつつ、パンを食べて紅茶をすすっている。

ひなげしも『マジうめー』と心の中で思いつつ同じように食べていた。

「てか、星バなのにマジ紅茶飲んでる。ま、メニューにもあるけど」

「それ言ったら、ひな的にエナドリも飲んでるが」

二人だけの星バに笑い声が響く。

ひなげしはふと気づいた。

『あれ？　ひな的にぜんぜん気ぃ遣ってねーな』

一生懸命話題を探してもいないし、さっきの紅茶の時も今も何も考えずに話していた。

世界が変わってしまう前、世界が変わってしまった後、えりかと一緒に部屋にいた頃の光景が重なる。

二人で一緒にいながら、お互いに自分の好きなことばかりしていた。えりかが部活のことを話した時、ひなげしは生返事をしていたし、えりかはえりかでゲームの話を全然理解できていなかった。

『なんだ？　人間関係レベル上がってるのかよ』

ひなげしはさざんかの顔を見ながらチョコパンの最後の一切れをほおばった。

さざんかも紅茶を飲みながら、こっそり胸を撫で下ろしていた。

『マジ大丈夫だったじゃん』

あやめが励ましてくれたとおりだったと昨夜のことを思い返す。

ひなげしに避けられているかもしれない……と思わず口にしたさざんかに対して、あやめは『さざんかなら大丈夫だ。……困るなら、トランプでもしてみればどうだ？』とアドバイスまでしてくれた。

『マジさんきゅ、いいんちょー。マジでガチに杞憂《きゆう》だったし』

食事を終えて「ごちそうさま」と二人は手を合わせる。

「それじゃ、偵察の続きするか」

「おけまる！　ひなぴはうちがガチ護るし」

「ワイルドハントくんとエンカウントしねーことを祈ってるよ」

ゴミを片付け、星バを出ようとしたところでひなげしとさざんかが立ち止まる。

「なにしてんだ、えり姉」「いいんちょーマジどしたん？」

道路に面したガラスにあやめとえりかが何故か貼りついていた。

向こうも今、二人に気づいたらしく慌てふためく。ほんのりと目尻が赤い。

「い、いや。これはギルティじゃない。少し暇があったから、何もないか見に来て」

「まあまあ、それよそれ。おねえちゃんがお手伝いできることがあればいいなーって」

ひなげしもさざんかも二人が自分を心配して来てくれたことはなんとなくわかった。

思わず二人して噴き出す。

「まだ偵察あるから」「マジうちらに任せて」

二人は特に合わせることもなく言った。

小説 もめんたりー・リリィ 〜 Precious Interludes 〜

# 第七章 劇場版みにもん～みにおに島のダークみにおに～

「きゃーっ！」

「どうした、えりか！」

えりかの悲鳴が響いた直後、《スルト》を引き抜いたあやめが上階から降ってきた。

ホームセンターやレストランが併設された郊外商業施設の一階フロア。ホームセンターの入り口の前で、着地直後のあやめが焔まとう刀を両手に構える。焔剣の炎が眼鏡のレンズに揺れる。

その前にえりかがいた。

おっとりとした顔に驚きを滲ませた彼女の隣にはえりかの腰ほどの大きさの、みにみになもんすたーがいた。

正確にはスタンディングパネルがあった。

「……悲鳴ではなかった？」

「あら……。ごめんなさい。みにもんがいたからつい」

みにもんとは「みにみになもんすたー」の略称だ。白くて丸くてよくわからない二足歩行の生き物で、変な声で鳴く。意外と物騒な世界を冒険して、ちょっとガチめのもんすたーと出くわすこともある。

「あらあら、あらあらあら。みにちゃんかわいいわー」

「なるほど。えりかもみにもんが好きなんだな」

《スルト》を結晶体に変化させつつ、頷《うなず》く。

「あやちゃんも？」

「ああ。連載も追っていた」

みにもんはもともとＳＮＳで連載されていた漫画だった。それが爆発的人気となり、コミックスも出版され、ついにはアニメ化もされた。

年齢を問わない人気を獲得したキャラクターだ。

「このパネルは劇場版のものか」

パネルのロゴを見て納得する。そして、記された上映開始の日付を見て眉を下げた。

「世界が変わってしまった。そのすぐ後」

「そういえばそうだったわね。世界が変わって。空も季節もおかしくなって。日付のこと、あまり考えなくなっていたわ」

無邪気に笑うみにもんのパネル。それが動いているところを映画館で観ることはもうできない。

二人は口にしなかったが、それを実感してしまった。

「あら？　じゃあ、映画館のほうに行けば、こういうパネルもっとあるのかしら？」

「劇場版は宣伝もかなり力を入れていたからな。自分も別の映画を観に行った時にこういうパネルは見た気がする」

あやめとえりかは施設併設のシネコンのほうへ歩き出す。

ちょうど自由時間でそれぞれが好きなように動いているところだった。

シネコンのロビーに入ったところで、あやめもえりかも思わず息を漏らした。

「まったく変わらないな」

「あらあら。いいわよいいわよ」

広々としたロビーと、そこに並ぶ映画のスタンディングパネルやポスター。トレーラーを流していた大型モニターは暗転し、フードコーナーにスタッフの姿はないがロビー自体はそのままだった。

複数のラットが『整備チュー』と走り回っている。

「ラットはこういうところもそのままにしてくれているんだな」

「まあまあ。ありがとう、ラットちゃん」

走って行くラットにえりかが手を振る。

「あ！　あったぞ、えりか！」

あやめが指差した先に、みにもんのパネルがあった。先ほどとは違う種類で、こちらのみにもんはすんすんと泣いている。

その周りにはみにもんの友達、かっぱともひかんのパネルも並んでいた。かっぱは河童のようなもんすたーで、もひかんは髪型がモヒカンのもんすたーだ。

「かわいいー！」

えりかが声を上げて駆け寄る。

「おねえちゃん泣いてるみにもん抱っこしたいわー」

「抱っこしても、ギルティと怒られることはないと思うが」

えりかは容赦なくみにもん（泣いてる）を抱き上げた。

「かわいいわー。いいわよいいわよー」

無理矢理抱っこされて泣いてるみたいだ……とあやめは思いつつも口にはしなかった。

あやめはかっぱともひかんのパネルをまじまじと見た後、ロビー全体に目をやった。

「フードコーナーに入ることができるな」

思わずカウンターの向こうに入ってみた。

ドリンクやフードの機械は電源が落ちているが、映画館の匂いそのものという印象だったポップコーンの香りはどこかに残っていた。

カウンター側からロビーに目をやる。反対の側から見るロビーはなんとなくいつもと違い、あやめはほのかな感動を覚えた。

「あやちゃん、こっちこっち！　いいわよ！」

えりかがグッズコーナーではしゃいでいる。

両手にみにもんのぬいぐるみを持っていた。

「また泣いてるな」

右手のみにもんは笑っているが、左手のほうはすんすんしている。抱っこされて泣いているみにもんよりシュールな光景だった。

あやめもグッズコーナーに向かう。世界がこうなってしまう前に陳列まではされていたのか、みにもんのグッズがたくさん並んでいた。やはりラットが清掃しているらしくどれもきれいなまだ。

ぬいぐるみのほかにもクリアファイルやステッカー、アクスタにキーホルダーと多彩なグッズが並んでいる。

「上映が間に合えば、とんでもない大ヒットだったんだろうな」

トレーラーの時点で映像に隠された謎が話題になっていたと、あやめはしみじみ思い出す。

「……うわっ、ギルティかも！」

あやめが思わずグッズコーナーから目を逸らす。もはや全身を捻《ね》じ切りそうな勢いだった。

「あやちゃん？」

「今、見たことないキャラがいた気がする。映画のサプライズかもしれない。ときどきあるんだ。上映前にグッズコーナーを覗いたら、ネタバレを踏んでしまうやつ」

「あらあら……。そういうものなのね。おねえちゃんの知恵袋に入れておかないと」

「知恵袋、そんな感じで増えてるのか」

あやめがネタバレを避けるためにグッズコーナーを離れれば、えりかもロビーに出てきた。気に入っていたぬいぐるみは持ってこなかった。

目の前には無人のロビーが広がっている。あやめはほんの一瞬だけ、世界が変わってしまう前の映画館をそこに見た気がした。

動画配信全盛の時代でも、映画館は大勢の客で賑わい、今後上映される映画のトレーラーが次々と、うるさいほどに繰り返し流れる。

だが、現実にはもう存在しない。

「ネタバレを恐れても意味はないか」

「おねえちゃんたちもうみにもんを観ることができないものね」

何も映さない大型ディスプレイと、無人のフードコーナー。静まりかえったロビーがそれを肯定しているようだった。

「じゃあ、ちょっと早いけど。ひなちゃんたちと合流しちゃう」

「そうだな。名残惜しいが」

あやめは改めてロビーを見回し、

「ああっ！」

眼鏡の奥の目を見開いた。

「映画を……劇場版みにもんを観ることができるかもしれない！」

「そ、そうなの？　もしかして、映画はずっと流れてるのかしら？」

「いや、音も聞こえないから止まってると思うが」

あやめはスタッフルームを指差す。

「上映直前だったということは、機能さえ死んでいなければ上映できるんじゃないか？」

「あらあら、あらあらあらあら……！　で、でもいいの？　それはギルティにならないかしら」

「正直……ギルティだ。映画泥棒といえる」

「映画が始まる前に追いかけられてる子ね」

「はっきり言って、これはよくないことだ。どう言い訳してもギルティだろう。しかし……自分は正直観たい！　正当化はしないが、世界が変わってしまったぐらいで見逃したくはない。意味はないだろうが、今持っている現金を置いていく」

「おねえちゃんも観たいわ。絶対観たい。それに……おねえちゃんたちはもう罪を重ねているわ。いつものご飯とか」

「それはそのとおりだが。自分は世界が変わったとしても、この罪は背負う。いずれ裁かれるとしても……観る。その覚悟を決めた」

あやめは財布を開き、今はもう役に立たないお金をフードコーナーのカウンターに置く。えりかも続いた。本当はチケットカウンターに置きたいところだったが、チケットの販売はすべて無人の券売機になっていたのでこうしたのだ。

そして、あやめとえりかは罪悪感と好奇心の入り交じった感情に胸を高鳴らせながら、スタッフルームへ足を踏み入れた。

あやめもえりかも映画館の構造はわからない。スタッフルームとはいえ、更衣室や休憩室、事務室など複数の部屋があるためおおいに迷った。

それでもしらみつぶしにする形でなんとか映写室に辿り着く。

そこで二人は沈黙した。

あやめとえりかの前には映写機と一緒に機材が設置されている。音響機材ともPCとも見えるそれを前に、二人はお互いを見た。すがるような目をしている。

「知恵袋にはこういう知識は入っているか?」

「あらあら。あやちゃんこそ詳しいって思っていたわ」

二人はもう一度機材に顔を向けて考え込む。

「少なくともPCっぽいな」

「そうね。PCっぽいわね」

「ひなげしに頼んでみよう」「ひなちゃんなら何とかしてくれるわ」

意見も声も揃っていた。

「ＰＣに詳しい奴に聞けばなんでもしてくれるって、ＰＣ知らない奴の発想すぎんだよ。ていうか、これＰＣですらねーだろ」

ひなげしが心底呆れ果てた顔をし、展開した《グレイプニル》で機材を差す。

「そ、そうか。いや、無理を言った……」

「おねえちゃんも。ひなちゃんすごいからいいわよって……」

二人がしゅんと肩をすぼめるのを見て、ひなげしは顔をしかめる。

「これ、こっちが悪い感じになってるやつだろ。なんでひな的なほうが気まずいんだよ」

腹の底からのため息をつくと、ひなげしは機材の電源を入れる。

それから《グレイプニル》の端末となる小型ダガーを数本、機材に突き刺した。

ひなげしのネコモデル眼鏡がチカチカと明滅する。ＡＲ機能としてレンズに投影される情報に目を走らせていく。

「まあ、根本的にＰＣみてーなもんなら、《グレイプニル》のハッキングもそんなに時間はかからねーかも」

《グレイプニル》の機能は万能のリモコンに近いとひなげしは考えている。

端末を突き刺した電子機器を、もともとの制御系を無視して操作するのだ。ＰＣはおろか多くのワイルドハントに対してもより上位の命令を与えることができる。

ひなげし自身が目の前の映写機器の使い方がわかっていなくても、端末を経由してその機能を選択して使うことも、保存されているデータを参照することも可能だ。

「うん。操作はできるな。履歴を見れば使い方もなんとなくわかる。データは……みにもんのやつあるぞ」

「いいわよいいわよ！　さすがひなちゃんだわ！　……データ？　フィルムじゃないの？」

「今の映画はほとんどデータ配信だと聞いている。上映の準備でもう保存されていたんだな」

「へー」と興味深そうにえりかが映写機器を触って、ひなげしに手をはねのけられた。

「それで観るのか？　合流までけっこう時間あるから、余裕もって観ることはできるけど」

「もちろんよ！」

えりかはポップコーンを準備していた。ペットボトルのコーラすら持っている。

「それ、ひな的にハッキングできなかったらどうするつもりだったんだ。そもそもどこで手に入れたんだ」

同じくポップコーンとペットボトルのメロンソーダを手にしたあやめが眼鏡を押し上げた。

「ひなげしを呼びに行った時、食料品売り場でレンジ調理できるものを見つけた」

「さっきハッキングに集中してる間にチンしてきたわ」

「ひな的にがんばってる間に何してくれてんだ」

ひなげしは唇を尖らせながらも、「ひなちゃんの分」と差し出されたエナドリとポップコーンを受け取った。


シネコンの一番大きなスクリーン。あやめとえりかはちょうど中央の席に座っていた。

上映の準備を終えたひなげしがやってきて、えりかの隣に腰を下ろす。

照明が落ちて諸注意の映像が流れはじめた。

「あ、映画泥棒だわ」

「今日は自分たちがギルティだ」

当然だが映画館には三人以外誰もいない。普段は映画が始まる前に聞こえてくる小声の雑談も、遅れて入ってきた客の足音も聞こえない。前の客席にも後ろの客席にも誰かの人影はない。

「貸し切りね」

映像が途切れ、映画館が真っ暗になったところで呟いたえりかの言葉は楽しげだが、寂しげでもあった。

しかし、あやめもえりかもひなげしも抑えきれない高揚感を確かに覚えている。

関係者や先行上映イベント以外では誰も観ていない話題作を、世界が変わってしまった後久々の映画を、たった三人の映画館で観るということはどうしようもなく胸を高鳴らせた。

えりかが目を輝かせ、あやめが何度も深呼吸し、ひなげしがポップコーンをほおばる。

明るくなったスクリーンにみにもんが思いっきり泣きながら姿を見せた。

⁂

「よかった。ああ、よかった。まったくもってギルティなところがない完璧な映画だった」

「おねえちゃんもいいわよいいわよいいわよーいいわよー」

「えり姉、いいわよ多いな。スコア更新かよ」

あやめ、えりか、ひなげしは映画を見終えた後、シネコン併設のカフェでテーブルを囲んでいた。感想会だ。

テーブルには食べきれなかったポップコーンと、二本目のドリンクが並んでいる。

「おねえちゃんかわいかったわー。かわいいわー。いいわよー。あらあらあらあらあら、まあまあまあまあ。かわいいわー」

えりかはほっぺたを真っ赤にして幸せいっぱいに身をよじる。

「ああ。素晴らしい脚本だった。テーマが一貫している。登場人物はみにもんたちレギュラーキャラから、みにおにたちゲストまで常に罪と罰を問われる。断罪と贖罪、そして因果は巡り帰結する。繰り返すが素晴らしい脚本だ。原作と違う部分も、例の新キャラも違和感がない。いや、むしろ後発作品として洗練されていた」

あやめもまた頬を紅潮させて早口で語り、時折眼鏡を押し上げる。

それらをひなげしはエナジードリンクを舐めつつ眺めていた。

「それにしてもかわいかったわ。みにもんもかっぱももひかんもみんなかわいかったけど、みにおにちゃんもころころってしてていいわよいいわよ」

「そうだな。ゲストであるみにおにたちも同じデザインに見えて、小さな違いが性格や行動と組み合わさり、中盤にはそれぞれ別のキャラとして見ることができるようになっていた。なんて計画的なデザインなんだ」

ひなげしはポップコーンを食べている。

「おねえちゃんはみにおにリーダーくんが好きだわ。みにもんと一緒にすんすんしているところがすっごくかわいくていいのよ」

「確かにいつも頼りにならないリーダーが奮起するところは胸が熱くなった。自分はみにおにの中ではダークみにおにがいい。誰もが持つ醜い欲望と仲間への愛。その板挟みとなり、しかし流されてしまう。罪の象徴たるキャラクターだ。原作のダークみにおにを演出を含めてしっかりと描いた上での劇場版オリジナル展開だ！」

ひなげしはえりかとあやめをチラチラと見て、エナジードリンクを飲み干した。

「あら。うーん。ダークみにおにちゃんね。確かにかわいいけど……。あそこはちょっとこわかったわね」

「そうだな。原作でもかなり怖いシーンだ。当時、ＳＮＳでも話題になっていたな」

「そうなのね。おねえちゃんは……みにもんは怖いシーンあんまり好きじゃないかも。かわいいのになんでこんな怖いお話にするのかなーって思っちゃったわ」

「いや、しかし。みにもんは原作もおどろおどろしいシーンは多いと思うが。むしろ、今回のみにおに編はソフトで、あの後に出てくるまぼろしもん編こそトラウマになったという人も多い」

「そうなのね。おねえちゃん、原作ってよくわからなくて」

「な……！」

あやめはうめき、そして、一気に冷静になっていく自分を感じた。

「おねえちゃん原作を読んでなくて。でも、かわいいからキャラグッズは買ってたの」

「そ、そうなのか」

あやめは気づいてしまった。

みにもんはキャラグッズの展開で人気が爆発した。小さな子どもから大人までみんなが知っているコンテンツとなった。

結果、原作は読んでいないがキャラクターは好きというカジュアル勢と、ＳＮＳの原作を追い、かわいいキャラとは裏腹に展開されるハードなストーリーを考察していく考察勢というファン間での温度差が生まれた。

えりかはカジュアル勢だ！

そう確信したあやめは言うまでもなく考察勢だ。

原作が更新されるたびにＳＮＳで検索をかけて感想を漁《あさ》っていく。キャラクターの些細な行動から導き出される心理や、もんすたーのデザインに秘められた神話的モチーフ、ストーリー上のテーマとキャラクターの役割などの考察を読み、自分自身もまた考えをＳＮＳに投稿していた。

むしろ、カジュアル勢の存在をすっかり忘れて、ここまで早口の考察オタク語りをしていた。

よくよく考えれば先ほどのえりかとの会話はぜんぜん噛み合っていない。

「だから、おねえちゃんはグッズでもときどき見る怖いもんすたーはいなくてもいいかなーって思っちゃうのよねー。あれもかわいいのかしら」

必要に決まってるだろ!!

思わず叫びそうになったのをあやめは必死で堪えた。

コンテンツに対する楽しみ方は人それぞれだ。考察してもいいし、キャラの魅力を追ってもいいし、グッズを買うだけでもいい。他人の楽しみに口を挟み否定するのは厄介オタクなのだ。それはギルティだ。

しかし、それはそれとして、みにもんの魅力はかわいさと裏腹なシビアな世界と作品を貫くテーマ性とかわいいがゆえにおぞましい怖めのもんすたーにあるだろ！　と、怖めのもんすたーファンアートに片っ端からいいねを付けがちのあやめは思う。

「そうだ。ひなげしは――」

ひなげしにならいい感じに伝わるのでは？　そして、ひなげしに伝えることができれば、えりかも影響を受けてみにもんの本質に触れることができるのでは？

だから、ひなげしに話を振ろうとしたが、彼女は忽然《こつぜん》と姿を消していた。エナジードリンクの空き缶もポップコーンもなくなっている。

『先行ってる』と淡泊なメモだけが残っていた。

ひなげし!!

あやめは心の内で絶叫した。

一方でひなげしは一切振り返ることなくシネコンを後にしていた。

「エンジョイ勢とガチ勢の十字砲火最悪だろ。ひな的に巻き込まれたくねーよ。解釈違い論争みてーなもんじゃねーか」

感想の最初の部分を聞いて危険を察したひなげしは逃走を即断していた。オンライン対戦でも、それが命を救うことはしばしばある。

ちなみにひなげしはみにもんの中に出てくるマニアックなゲームネタに一番興味があるタイプだった。劇場版も一般向けのふりをして、やけに古いゲームネタが仕込まれていたのでそれはそれは満足していた。

「おねえちゃんかっぱが『かっぱー』しか喋らない子だってビックリしたわ。かっぱだからなのかしら？」

基本情報だ！　と、心の中のあやめは倒れて目を剥いていた。

初めてみにもんを観た人の新鮮な感想だ！　というオタク的布教活動家としての感動と、それにしても原作知らなすぎでは？　にわかか？　という原作ガチ勢としての感情がない交ぜとなり、心の中のあやめはのたうち回る。

初心者や考えの違う者を蔑《さげす》むような心の狭いオタクにはなりたくない！

その一心が闇のオタクへと落ちそうなあやめを光のもとに繋ぎ止める。握りしめた掌、爪が皮膚に食い込み痛みを覚えた。

ひなげしの助けはもはや望むことができない。ならば、自ら原作を布教するしかないのだと、あやめは覚悟を決めた。

眼鏡の下の眼差しが静かに燃える。

「そ、そうだな。かっぱは原作から、『かっぱ』としか喋らないんだ。かっぱと同種族のキャラも登場するが、そちらも『かっぱ』と喋る」

「そうなの？　映画には出てなかったわね」

「映画は原作でときどきある長編をベースにしているからな。冒頭部分に出ていた森が本来の舞台なんだ」

POP
CORN

布教の基本を思い出せ……。身内やＳＮＳではやっていただろ。世界が変わる前、あやめは人付き合いを苦手としていた。しかし、家族やＳＮＳ上の小さなコミュニティでは、話す相手がいたし、趣味が近い相手にはいわゆる布教活動もしていた。

布教の鉄則。相手が興味をもったところから引き摺《ず》り込め。

相手の好みや疑問に対して興味をそそる話題を提供して、読ませたいもの、観せたいものへと誘導していく。

「そうなのねー。じゃあ、ほかにもおねえちゃんが知らない子がいっぱい出てくるのかしら？」

「ああ。まだグッズ化はされていないが、ＳＮＳではおはぎくんとむささび後輩もかわいいと人気だった。えりかも気に入るかもしれないな」

「あらあらそうなのねー。いいわよいいわよ」

あやめは確かな手応えを感じる。心の内ではえりかがみにもんという底なし沼に足を踏み入れたのが見えた気がした。

「今回の映画の話も原作だと見え方が違う部分があるかもしれない。オリジナル展開も多かったし、漫画だと心理描写が少し違うからな」

「でも、怖いんでしょ？　おねえちゃんはかわいければ嬉しいわー」

えりかが力ずくで沼から足を引っこ抜くのも見えた気がした。

「そ、そうか。まあ、試してみるといいんじゃないか？」

あやめは懸命に呼吸を整える。

布教の鉄則。布教は焦らない。沼に沈める時はじわじわといけ。

焦って相手を否定して作品への悪印象を与えればかえって作品から離れてしまう。言葉を重ね、触れてもらい、作品を少しずつ相手の生活へと馴染ませていくのだ。気づけば相手は沼底だ。

「そうねー。ここ、本屋さんはあったかしら？」

「別の棟にある。コミックスにはおはぎくんもむささび後輩の出ている話も収録されている」

「まあまあ、楽しみだわー」

「なら、そろそろここを出ようか」

あやめは疲れ果てていた。しかし、その声には確かな充実感があった。

えりかはうきうきとした様子で「おはぎくん、むささび後輩ー」と荷物をまとめている。

ズブリと今度こそ沼に沈む音が、あやめには聞こえていた。

いつかえりかと考察トークができれば……と、彼女は薄く笑う。


席を立ち、ゴミを片付けて二人はロビーを横切る。

途中で、あやめが足を止めてそのままにされていた新作映画のリーフレットを手に取った。

「そうか。リーフレットは完成していたんだな」

それはあやめが密《ひそ》かに愛する小説原作の神アニメ『ギルティ＝ダーク』の劇場版だった。

あやめははっきり言って強火のファンだ。ギルティやダークをはじめ、人気キャラクターが勢揃いしたスタイリッシュなメインビジュアルに顔すべてが緩み、全身が震えそうになるが全身全霊をもって堪える。

そして、残酷な事実を思いそっと目を閉じた。

「ここにある新作はもはや誰も観ることができないんだな」

「そうね……。みにもんは上映直前だったから観ることができたけど」

えりかはバスケもの続編らしい洋画のリーフレットを手にしていた。

「ねえ、あやちゃんは頭がいいわよね」

「そんなことはないが」

「でも、おねえちゃんの知恵袋にない、いろいろなことを知ってるわ。そんなあやちゃんなら……世界が変わって、もう続きが作られることがなくなったお話の続きを想像することってできるのかしら？」

「続き、か……」

あやめは『ギルティ＝ダーク』のビジュアルに目を落とす。

幸いなことに原作もアニメも完結している。劇場版アニメはその上での新作になるはずだった。原作者自ら脚本を手がけた結末より先の物語。

発表される情報や映像は何度も確認していたし、原作からの変更点や新キャラクターのビジュアルからストーリーを考えて悶《もだ》えていた。

「続きは……自分には考えることはできないな」

あやめは静かに首を振った。

「想像することはできても、それはあくまでただの想像に過ぎない。本当の物語は作者自身にしか作ることはできないんだ」

詳細な資料やプロットがあるなら別だが、あやめ個人がどれだけ精度高く話を考えても、二次創作となってしまう。

いや、そもそもファン的に作者の代わりなんて無理無理無理絶対無理。そんなのギルティに決まってるだろ！

というのも正直な思いだった。

気になったリーフレットを手にして、二人はシネコンを後にする。

あやめもえりかも何も言わない。

世界が変わった日を境に、ほぼすべての作品が潰《つい》えたという実感は二人の心に影を落としていた。

ローファーとブーツの足音だけが響いていく。

「だが――」

あやめが意を決して口にした。その声は静かだが強い。

えりかがその横顔を見つめる。

「好きな作品から得たものは確かに自分の中にある。自分が生きている限り、消えない。消させない」

あやめは右の手を強く握りしめる。

「途絶えてしまった作品の続きを作ることはできなくても、そこから受け継いだ何かを形にしていくことはできる」

えりかは驚きに目を瞬かせ、それからにっこりと笑う。

「いいわよいいわよ！　おねえちゃん楽しみにしてるわ！」

「い、いや！　自分は素人だから、そんなに期待値を上げられても困るが！　まず、基礎的な物語の構造から勉強しないと……」

「みにもんみたいなお話楽しみ！」

「ヒット作の類似作品を雑発注するようなことを言うな！」

シネコンの入り口に並んで立っているみにもんのスタンディングパネルは二人を見送っているかのようだった。

# 第八章 プレスオブファイナルクエストソードクリムゾン

「うぉぉぉぉぉっ！　クソがー！　絶対ぇ許さねーぞ！」

ひなげしの絶叫にれんげがビクッと震えた。

今日の拠点としているファミレスにはれんげとひなげし以外いない。ほかのメンバーはそれぞれの用事に出かけている。

つまりは、ひなげしはれんげに対して激怒している。知らない間に何かしてしまって、それで怒らせたのだと震え、焦り、真っ青になり、そして――。

「ごめんなさ、ぴひゃー」

ミディアムショートの髪を儚《はかな》く揺らしながら、小柄な身体が卒倒した。

「うわっ！　れんげくん！　なんで気絶した」

「ほんとごめん。いや、ほんと」

目覚めたれんげに対して、ひなげしは深々と頭を下げる。長い髪が流れ、ネコモデルの眼鏡が少しずれた。エナジードリンクも差し出した。

「ギフトを送るから関係のペナルティ解除してくれ、れんげくんに対して怒鳴ったんじゃないんだ」

「え、えっと……。エナジードリンクありがとうございます？」

れんげはとりあえずエナジードリンクを口に運ぶ。ケミカルかつフルーティーな香りと炭酸の爽快感《そうかい》が鼻に抜ける。

「ひな的に、こいつにキレてたんだ」

ひなげしは愛用の携帯ゲーム機を見せた。

ディスプレイにはどこまでも広がる草原と共にタイトルロゴが映し出されている。

「『プレスオブファイナルクエストソードクリムゾン』……？」

「そう。通称『プリムゾン』。このクソゲーへの罵声《ばせい》だ」

「……タイトル長いですよね？」

「バカじゃねーの？　って思うほど長ぇよ」

ひなげしはゲームをスタートする。いつも彼女が遊んでいるゲームよりどう見ても解像度の低い、カクカクとした印象の女の子がだだっ広い野原に立っていた。どこまでも広がる……というと聞こえはいいが、何もないし土地の起伏も感じられない殺風景な草っ原《ぱら》だ。

「世界がこうなる前にものすげークソゲーだって話題になってたんで、ダウンロード版を買ってたんだ。でも、こんな状況で遊ぶ気にもなんなくてな」

ポチポチと操作する。ちょっと歪《いびつ》な動きでキャラが動いていく。

「最近ちょっとまあ余裕が出てきた感があったから、遊んでみたんだが……。さっきのとおりだ」

「そ、そうだったんですか。あ、あたしの身体の角度が許せねぇクソゲーとかじゃなくてよかったです」

れんげはほっと胸を撫で下ろした。

「身体の角度がクソゲーって罵倒、斬新すぎん？　まあ、そんなことより、ちょっと見てくれよ」

ひなげしがファミレスのソファーに改めて腰を下ろして手招きしたので、れんげはおずおずとその隣に座る。二人してディスプレイを覗《のぞ》き込む。

剣を持った女の子がかなり雑に描かれた草原をカクカクと走っている。

棒を持ったブタ頭の人間が突然わらわらと出てくると彼女を取り囲んだ。

「一応オープンワールドのゲームだ。主人公のハンターくんを操作して、こいつら魔物を狩っていく」

ひなげしの指が忙しなく動く。

多数の敵を相手にハンターが剣を振るう。やけにモーションが大きく、一振りごとに致命的なレベルの隙ができる。しかし、ひなげしは魔物の攻撃範囲と速度を見切り的確な攻撃を加えていく。

「ただ、バカみたいに難易度が高ぇ。原因はモーションの鈍さと受けるダメージのデカさ」

ハンターが一瞬だけ動きを止めた。ひなげしがわざと隙を作ったのだ。

背後にいた魔物の攻撃がかすめる。

ハンターは不自然なぐらい派手な動きで倒れ、そこへほかの魔物が追い打ちをかけた。攻撃を受けるたびにハンターが必要以上に大きなモーションで吹っ飛び倒れ、起き上がる前に次の攻撃を受ける。

ライフゲージは瞬く間になくなり、ハンターは全身の骨格があらぬ方向にねじれたようなポーズで死んだ。飾り気のないフォントでゲームオーバーの文字が表示される。

「それだけじゃなくて、被弾モーションが長ぇ上に無敵時間もねーんだよ」

「なんだかずっとやられてたみたいに見えました」

「そーだよ。普通のゲームならあるはずのダメージ受けない時間がないから、一発攻撃食らったら、死ぬまで攻撃されんだよ。ライフゲージの意味ねーだろ！」

ひなげしが再びプレイを再開する。

「だが、そうならないように仲間キャラがいるぞ」

先ほどはカメラアングルのせいで気づかなかったが、ハンターの色違いのようなキャラがついてきていた。

「ほんとです！　頼もしい仲間です！」

「ランサーっていうらしい。マルチプレイする相手がいなくても、ＣＰＵが操作してくれるわけだ！　やったぜ！」

ハンターに駆け寄ってきたランサーが槍を繰り出す。

槍の一撃はモンスターもろともにハンターを串刺《くしざ》しにして吹っ飛ばした。ダメージまで入っている。

転がったハンターに敵が群がり滅多《めった》打ちにした。ゲームオーバーだ。

「なんと仲間同士で当たり判定がある！　しかも、ＣＰＵがビックリするほどバカですぐにハンターを巻き込んでくる。はっきり言うが、こいつ仲間のふりして後ろから刺してくる敵なんだよ！」

「じゃ、じゃあ、ランサーから離れて……」

「ランサーが死んでもゲームオーバーだ。ＣＰＵがアホなのでフォローしてやらないとすぐ死ぬ」

「あ、あたし記憶がなくて、ゲームもしないですけど、それってクリアできるんですか」

「ひな的にこっちが聞きてーよ！　何をどうしてーんだよ、このクソゲー！」

ぐったりとテーブルに突っ伏す。

「自分でプレイするつもりだったから、プレイ動画も見てなかったし、クリアするまで見る気もねーが、ちゃんとクリアした奴どうやってたんだよ」

れんげはハラハラした様子でそれを見守る。目がグルグルして今にも気絶しそうだった。

「……あ」

ひなげしが呟く。

そして、顔を上げてれんげを見た。

「れんげくん、マルチ興味ねーか？」

「マルチ？　それって……あ、あたしもやるんですかー」

マルチプレイを想像してから気絶まで、わずか一秒に満たなかった。


「ということで、これで準備オーケーだ」

「しょ、正直、緊張でもう気絶しそうです……」

れんげは最近入手したひなげしと同型の携帯ゲーム機を手にしていた。

『プリムゾン』はマルチプレイ機能が不必要なほど充実している。ソフトがひとつあれば、仲間キャラのプレイはゲーム機のみで可能なのだ。

「なんなんだろうな、このマルチプレイへの情熱は」

ともかく、ひなげしとれんげはゲームを開始した。

ひなげしのハンターの後ろから、れんげのランサーがついていく。

「あ、あたしはどうすれば……。こんな難しいゲーム無理ですー」

「いや、れんげくんはやられないようについてきてくれるだけでいいんだ。ランサーが後ろから襲ってきたり、勝手に死んだりしなけりゃどうにかなんだよ」

言葉どおりひなげしのハンターは襲いかかってくる敵をものともしない。

ブタ頭の魔物も、ウシ頭の魔物もニワトリ頭の魔物も、一撃たりとも攻撃を受けずに蹴散らしていく。

「……敵のデザイン、頭以外ほぼ同じだな」

「ちょっとお腹がすいちゃうチョイスですね」

ぐーとお腹の音がした。

「れんげくん、頭のデザインだけでお腹すくんだ……」

「お、お肉がドロップするからですよ」

実際、倒された敵は豚肉、牛肉、鶏肉をドロップする。

「落ち着いて考えると、ハンターくんこれ食材って思ってんのかよ」

ひなげしはさらなる鶏肉がドロップするのを眺めて、表情を引きつらせた。

「まあ……ともかくだ。この調子でひとつめの砦《とりで》を目指そう。四つの砦を攻略するのがこのゲームの基本的な目的だ」

「は、はい。がんばりま……あれ!?　ダメージ受けてる！」

周囲に敵がいないのに、ランサーがもんどり打って倒れる。倒れたところでもう一度ダメージを受けて、全身の関節を変な方向に曲げて転がっていく。

「蚊だ！　気をつけろ！」

「え、え……？　蚊？　あ、変な点が襲ってきてる！　変な点に触っただけで吹き飛ばされてます！」

「そいつが蚊だ。ダメージは低いけど、そのままだと死ぬぞ」

「蚊が、蚊が強い！　か、回復！」

れんげは慌ててウィンドウを開き、回復アイテムのお米を選んだ。

蚊の追撃から運よく逃れたランサーがお米を食べはじめる。

「あ、あれ……。あんまり回復しない」

ライフゲージはほんのちょっとだけ増加した。ランサーはまだお米を食べている。ポリポリと生米を囓《かじ》っていた。

「回復すると死ぬぞ！」

「か、回復なのに⁉」

「回復量激シブなのに、モーションが長すぎんだよ！」

生米を囓るランサーに蚊が止まった。

再び吹っ飛びはじめる。

ハンターが駆けつけようとしたが、その時には数匹の蚊にたかられたランサーのＨＰがなくなっていた。ゲームオーバーだ。

「か、蚊にやられました」

「その……。ひな的にも何度もやられてるから、あまり気にしなくていいぞ」

その後もれんげは二十回ほど蚊に刺されて死んだ。

⁂

数日が過ぎた。

れんげたちは拠点を移動し、ダイナー風レストランに滞在していた。ハリウッド映画に出てきそうなカウンター席があり、ソファーのあるテーブル席がいくつか並ぶ。

すでに夜で大きな窓の外は暗い。

その窓際のテーブル席でれんげとひなげしが一心不乱に携帯ゲーム機で遊んで——というよりも、『プリムゾン』に挑んでいた。

「ふざけやがって、クソゲー如きがよ……」

「蚊が、蚊が……」

あれ以来、二人は作業や移動が終わった夜の自由時間に『プリムゾン』攻略を続けていた。最初の砦に辿り着いたものの、まだボスの姿を見ることすらできていない。

ひなげしは幼さが残る顔を思い切りしかめて、れんげは目の下にうっすらクマを作っている。二人とも心なしか痩《や》せたような印象すらあった。

「何がプレスオブだよ、ブレスオブだろ、そこは……」

「プリムゾン、プリプリして割烹《かっぽう》……」

「あらあらあら……。ひ、ひなちゃん。れんげちゃんも。大丈夫かしら？」

「止めるなえり姉」

恐る恐る話しかけたえりかを一瞥《いちべつ》もせず、ひなげしは重々しく返す。

「れんげは、勝ちます……」

何かに憑《つ》かれたようにれんげはランサーを操作する。

「蚊です！　ふんっ！　はぁっ！　やりました！　やりましたよ、蚊を！」

「うぉー！　れんげくん、蚊潰すのめちゃうまくなったじゃねーか！」

「見えます。見えるんです。蚊はですね。ここを叩くとね、潰せるんですよ」

「あらあら。まあまあまあ」

えりかはにこにこと笑いつつ下がっていった。

「まあ、なんだ。ギルティというわけでもないから……大丈夫かな」

ほかのメンバーも静かに見守っていた。

一方、ひなげしとれんげは前のめりになって攻略していく。

砦の通路を、ひなげしのハンターが前衛となって進んでいく。やけくそに多い敵の攻撃を特有のもっさりとしたモーションすら利用して回避しながら、的確に反撃を加えて削っていく。

れんげも簡単に即死しない程度に腕を上げていた。蚊は見つけ次第撃破。稀《まれ》にひなげしが逃したり、何もない場所に突然ポップしてきた魔物は一対一なら処理することができた。

死亡数が百回を超えたあたりで身につけた技術だ。

二人の前にやけくそに大きな扉が立ちはだかる。

「ついに……ついに辿り着いた。なんだこの開けられなさそうなクソデカ扉」

「こ、これ、ボスってことですか？」

「クソゲーだから、ボスと全然関係ねー扉かもしんねーけどな。とにかく覚悟して開く」

ひなげしは不敵に白い歯を見せる。れんげはゴクリと喉を鳴らした。

二人は頷き合い、扉を開く。

ハンターとランサーは砦の中庭らしいやけに広い空間に出た。

そこに影が落ちる。かなり画質は粗いものの羽毛のようなものが舞っていた。

大きな翼をはためかせ巨大なモンスターが姿を見せる。

大鷲の肉体に、竜の頭部。それを画質の粗さでかなりわかりにくくしたモンスターだ。

鉤爪《かぎづめ》を持つ竜鳥が降り立ち、地響きが鳴る。甲高い咆哮《ほうこう》が響き渡った。

『砦のドラゴンバード』と表示された飾り気ないライフゲージがディスプレイの下部に伸びる。

「ドラゴンバードくん、名前ストレートすぎんだろ！」

ひなげしは首を振って気を取り直す。

「れんげくん、名前はアレだがボスだ。ひな的にこいつは相手する」

「わ、わかりました。れんげはできるだけ離れて生き残ります」

「名前長いからドラバでいいや」

いつもどおりの前衛と後衛のフォーメーション。

ドラバが噛みつくのをかわしながら、ハンターが攻撃を加えていく。

わずかにゲージを削ったところで、ドラバの巨体が空中へと舞い上がった。

「来るぞ、れんげくん！」

「よ、よけます！」

ドラバが降下して突っ込んでくる。

ハンターは難なく回避し、ランサーは中庭の壁際まで逃げてかなりの距離をとっていた。

ドラバの急降下攻撃は空を切る。

着地と同時に衝撃波らしいエフェクトが広がる。広場のほとんどを埋め尽くす勢いだ。

「よけきれねー。ガードだ」

「は、はい」

ひなげしはエフェクトの高さからジャンプでも回避できないと判断した。

多少のＨＰは削られるがガードで止めて隙を作らない。無敵時間がないことに対して消極的だが的確な判断だった。

ハンターとランサーはガードしたがライフすべてを失って死んだ。ゲームオーバーの文字が無慈悲に浮かぶ。

「クソゲー！　絶対ぇ許さねー！」

ひなげしが頭を抱える。

「着地の衝撃がそんなに強いゲームがあるかー！　普通、風圧なんてプレイヤーをよろめかせるぐらいだろ！」

「で、でも。広場の端のほうなら届かないところもありました」

「ギリギリだったけどな。でも……誘導してみるか」

ひなげしとれんげは再びボスに挑む。

しかし、リスポーン地点が必要以上に遠くて、途中でれんげのランサーが穴に落ちて死んだ。

ドラバとの戦いは翌日もまだ続いていた。店の奥の休憩室でほかのメンバーがすでに休んでいる中、ひなげしとれんげはテーブル席で死闘を繰り広げている。

衝撃波を受けると死ぬと判断し、全力で範囲外に逃れるも、ボスの着地する場所によっては安全地帯がなくなって死ぬ。

攻撃がかするともちろん死ぬ。

ノーモーションから吐き出す火球に当たっても死ぬし、かなり当たり判定の広い爆風に巻き込まれても死ぬ。

ドラバの傍にいて足先に当たっただけでＨＰの九割をなくすし、無敵時間がないのでそのまま二撃目をもらって死ぬ。

敵の思考ルーチンがアホすぎて、誘導が利かずに死ぬ。標的選択・行動全部ランダムて。

そもそもリスポーン地点の遠さのせいで再戦するまでの道中でやたら死ぬ。

「……無理じゃね？」

ひなげしはぐったりとゲーム機をテーブルの上に置く。

「れんげは、れんげはまだ……」

ゲーム機を手にしたまままれんげは突っ伏した。

エナジードリンクを追加で開けつつ、ひなげしは疲れきった目をディスプレイへ向ける。ゲームオーバーの文字が浮かんだままだ。

「このクソゲー、レベルの概念がねーから、レベルを上げて物理で殴れも通用しねーんだよなー」

「そ、そういえば」

「だから、キャラを強くするには装備を強化するしかねーんだが。そっちも頭打ちなんだよな」

「ここまでで手に入る素材では、全部作っちゃった気がします」

「このボスを倒さねーと次の装備が作れない。でも、ボスを倒すための装備がない。服を買いに行くのに着ていく服がねーやつかよ」

「記憶がないですけど、なんだか身につまされてきました……」

「回復アイテムはクソ。バフかかるアイテムもあるけど、たかがしれてるしな」

ひなげしはエナドリを飲みつつディスプレイを睨《にら》む。

「攻撃もらう前に倒しきりたいが、武器も今できる限界まで強化してんだよな」

「何故か素材に蚊がたくさん必要でした……」

「苦労したわりに、攻撃力上昇低いんだよ。倒すの時間がかかりすぎる」

ひなげしは首をひねる。

「それでもひな的にはボスの攻撃は読み切ったからかわせる。でも、これ、れんげくんには無理だよなー」

「ご、ごめんなさい。あたしが下手で……」

「あ！　ち、違うって」

慌ててひなげしが立ち上がる。

「今のは……よくなかった。ひな的に誘ったんだ。れんげくんがランサーをプレイしてくれてるおかげで、後ろから串刺しにされることもなくなった。それに……」

ひなげしは目を逸らし、「あー、えー」と言葉を濁す。

目を瞬《しばた》かせるれんげの前でエナジードリンクを一気に飲み干してむせた。

その上で目は逸らしたままながら、改めて口を開く。

「こんなクソゲーだけど、マルチでわーぎゃー言いながら遊んでるのおもしれーんだよ」

ひなげしはむせて涙の滲《にじ》んだ目をようやくれんげへ向ける。

「もうちょっとだけ頼む。ひな的なかわしかた教えるから。あいつ行動はランダムでも、初動でそこそこ読めるし」

れんげは目を丸くして、瞬かせた後、心から嬉しそうに笑った。

「はい！　れんげはがんばります！」

両手をぎゅっと握りしめて、眉を上げる。

そして、お腹がぐーっと鳴った。

二人は思わず噴き出してしまう。

「これは……割烹の出番ですね！」

「ひな的にも小腹空いてきたな」

「それじゃれんげが『真夜中ゲーム三分割烹』を……！」

振り向いて口を噤《つぐ》んだ。

ダイナーのキッチンは使える状態、調理できる保存食もしっかり揃っているが、れんげとひなげし以外眠っていて奥の部屋は静まりかえっている。

「ひな的にだけ、あんまりがっつり食べるのは気が引けるな」

「あ、あたしもですね」

ひなげしがキッチンに入り、荷物を漁《あさ》る。

取り出したのはおなじみのカップラーメンだった。

ひなげしが悪戯《いたずら》に成功した子どものようにニッと歯を見せる。

「徹夜でゲームする時はやっぱこれだろ」

「徹夜！　でもしかたないです。割烹！」


お湯をそそいできっちり三分。

「「いただきます」」と、二人は手を合わせてカップラーメンの蓋を剥がす。

閉じ込められていた湯気があふれ、それと共に醤油ともコンソメともいえない、いつもの匂いがダイナー風の店内に漂う。

れんげもひなげしも無言で麺をすすり、悲鳴を上げるお腹に流し込んだ。

しばらくずるずる続ける。

「うめー。身体に悪そうー」

「ス、スープ全部飲まなければセーフですよ」

「『プリムゾン』でカロリー消費してるから、今日は何やってもセーフ」

「そうかも……。脳も糖質が入ってくるの喜んでます」

夜中のスープは全身の細胞に染み渡るような気がした。

「れんげくん、これ野菜追加した？」

「フリーズドライの野菜を少し割烹しました」

「野菜入ってるならカロリーゼロだな」

「ビタミンも多いからカロリーマイナスです」

麺や肉っぽい何かを味わい、表情筋すべてを緩めながら、停止したままのゲーム機に目をやる。

リスポーン地点の安全地帯でアイテムウィンドウを開いたままだ。

「生き残るだけじゃなくて、れんげも何か力になれればいいんですけど」

「さっきも言ったけど、れんげくんは生きてるだけでえらいんだよ」

「そうなんですけど……」

れんげのお腹がまたも小さく音を立てた。

「まだ物足りねーの？」

「ち、違うんです！　アイテム欄に食べ物があったから、つい」

「違ってなくね？」

れんげは改めてアイテム欄を確認する。

回復アイテムは死を招いた米をはじめ、モンスターの落とす肉や野菜、木を殴ると出現する木の実などさまざまに……というよりもムダに多彩に存在する。ゲーム序盤の現状でも三十種程度がアイテム欄を圧迫していた。そのどれもが効果は低く、使用時の隙は大きい。

「こんなに種類があるなら、割烹できればいいのに」

「できるぞ」

「できるんですか!? 割烹！」

思わず声を上げてしまい、慌てて口を押さえた。

「正確にはアイテム合成だよ。でもなー」

ひなげしは箸を置くと実際にアイテムを合成してみる。

ハンターが鍋っぽいものを置いて料理を始めるが、すぐに黒い煙が吹き出した。キャラクターが肩をすくめるリアクションを見せる。

「合成レシピがわかんねーんだよ。米と海苔《のり》を組み合わせたのに失敗するってなんだよ。どうも合成する時、素材にするアイテムの個数も厳密に決まってるみたいなんだよな」

「攻略情報はないんですか？」

「れんげくんのスマホなら、ネットに残ってる情報を見ることができるんじゃねーか？」

れんげはスマホを操作しようとする。が、手を止めた。

「で、でも。そういえば、ひなちゃんここまで攻略情報見てないですよね。動画も見てないって言ってました」

「……クリアしてからって思ってたからな」

「それなら……れんげも……情報なしでいきます！」

れんげはとりあえず、食材っぽい回復アイテムを合成してみた。

鍋から黒い煙が上がり、ランサーは頭を抱える。

「レシピ……。法則性があるんじゃ？」

それらを確かめようと合成を繰り返し、ランサーは頭を抱え続ける。

「合成の時の個数って何を意味してるのかな……。使う食材の個数？　でも、それじゃお米は少なすぎる。そもそもお米ひとつは何粒？　違う、一合？　塩は……。食材によって違う？　じゃあ……」

「めちゃくちゃ集中してんな」

「プレスオブファイナルクエストソードクリムゾン割烹」

小声で言ってボタンを押し込む。

「タイトル、そらで言えるようになったの、人生において無駄じゃね？」

ランサーが鍋で調理を行うが、先ほどまでと反応が違った。鍋からはカクカクとしながらも白い湯気が立ち上る。景気のいい効果音と共に鍋から料理となったアイテムが飛び出し、ランサーがガッツポーズをキメた。

できあがったのはチャーハンだ。

「うわっ！　ほんとに割烹成功した！　どうやったんだよ」

「え、えっと。まとめると。合成に必要なアイテム数は大きな材料は個数、小さな材料はグラム換算だったんです。例えばチャーハンの場合、卵は一個だけど、お米は二〇〇グラムなんで二〇〇個、お醤油は小さじ一なので五グラムで五個。現実のお醤油はもうちょっと重いはずなんですけど……」

「ルール統一のしかたが半端で何もわからねーよ！」

再び合成が成功した。今度は唐揚げだ。

「鶏もも肉は一枚だから一個だけど、片栗粉は大さじ二でだいたい三〇グラムで三〇個とかでした」

さらに調理が続く。

「中華腹になってきちゃった割烹！」

餃子《ギョーザ》、焼売《シュウマイ》、エビチリと『プリムゾン』内で次々料理ができあがっていく。

「保存食だとめったに食べられないから、なんかお腹すいてきたな」

ひなげしはとりあえずカップラーメンをたいらげた。結局スープは飲み干してしまった。

「じゃあ、せめてゲームの中で食べちゃいましょう！」

「ま、せっかく作ったもんな」

ハンターとランサーはできあがった料理アイテムを使用した。

腰を下ろしたキャラクターがやけにゆったりと食事する。

「戦闘中、絶対ぇ使えないやつ」

「お腹がすきます」

食べ終わり、ハンターたちがガッツポーズする。食事アイテム使用によるバフ効果が表示された。

「うそだろ！」

ひなげしは目を見張る。

バフの効果量が尋常ではなかった。基礎能力が倍以上に跳ね上がり、各種耐性も大幅に上昇していた。武器や防具を強化した数値など比にもならない。

「さすが割烹です」

れんげはしきりに頷いていた。

一方でひなげしは手を打つ。彼女の中で要領を得なかった『プリムゾン』の歪なゲームコンセプトが繋がっていく。

「こいつ……！　プレイヤーの手間とか、煩雑さを無視してリアルさを出そうとしてるやつだ。しかも、技術が足りなくてうまく伝わってねーやつ！」

「そうなんですか？」

「多分な。ダメージ食らった時の無敵時間がないのは、リアルに無敵時間があるわけねーから。武器強化してもあんまりパラメーターが上がらないのもそういうもんだから。やけに蚊が襲ってくるのも、リアルだから……ここは熱帯か？」

「じゃあ、割烹で強くなるのは、割烹するとすごく強くなるのがリアルだからですね！」

「どちらかというと、ご飯食べないと弱いし、ちゃんと割烹しないとまともな食べ物になんないってやつじゃね？」

そして、マルチプレイが前提でどちらかが倒れるとゲームオーバーになるのは、一人では決して生きていくことができないという思想を感じると、ひなげしは思った。

「この解釈は全部ひな的な思い込みだけどな」

ひなげしは苦笑いする。作り手の思想をそう受け取りたかったのは自分自身かもしれない。

「とにかく、れんげくん。これで『プリムゾン』は攻略できる！　重複できるバフもあるからとにかく割烹だ」

「割烹！　任せてオープンワールド割烹！」

溜め込んだ素材を放出してれんげは次々と割烹する。

バフを満載したハンターとランサーは、これまで苦戦してきたリスポーン地点周辺の敵を雑に蹴散らし、再び『砦のドラゴンバード』と対峙《たいじ》する。

「れんげくん。一緒にクリアすんぞ！」

「うん！　れんげもドンドン割烹でいきます！」

ハンターが前衛で戦い、ランサーは後衛で被弾を避けるいつもの戦法で立ち向かう。

さっきまでとは違い、凄まじいバフを受けたハンターの攻撃はドラバのライフゲージを易々と削り取っていく。衝撃波を受けてもランサーのＨＰはまだまだ余裕があった。

さらにはランサーは大きすぎる隙を作る割烹を戦闘中に繰り出しつつも、ドラバの広範囲攻撃を回避する術《すべ》を見出していた。

「いや、すげーな！　れんげくん！」

「割烹する時と、ご飯食べる時と、蚊をやっつけるタイミングは完全につかんだ気がしています！」

数日を経て、ひなげしとれんげはついに最初の砦のボス『砦のドラゴンバード』を撃破した。

⁘　⁘　⁘　⁘　⁘

その日は一日を自由に過ごしていい日だった。

そんな日の夕方、ひなげしとれんげは拠点としているカラオケボックスの一室でぐったりとしていた。

二人揃ってテーブルに突っ伏している。寝不足と疲労を隠しきれない顔をして、無駄な時間を過ごしてしまった時特有の苦い表情を浮かべていた。

テーブルの上の携帯ゲーム機では『プリムゾン』のスタッフロールが流れている。スキップはできない。

あれから数日をかけて、ひなげしとれんげはついにラスボスを撃破した。

「ラスボスくん、当たり判定ガバガバすぎんだろ。でかすぎて画面見えなくなるし」

「敵の攻撃と関係ないところで何度も死んじゃいましたね」

「やりてーことに対して技術が追いついてねーし、ゲームとしても遊びづらすぎるし」

「割烹のレシピも間違いが多かったです。分量は確かに人それぞれなんですけど……」

二人は深々とため息をついた。

「クソゲー」「クソゲーでした」

偽りのない感想だった。

しかし、二人は確かに笑っている。

「ま、マルチじゃねーとクリアできないところとか、全体の思想自体は嫌いじゃねーよ」

「うん。割烹できるのもいいです！」

ひなげしはれんげのスマホを手にしていた。入力フォームにかなりの長文を書き込んでいる。

それはゲーム制作会社の公式ホームページだった。

「意見が届くかどうかわかんねーけど。言うだけならコストかかんねーしな」

ひなげしが長文のメッセージを送信し、れんげにスマホを返す。

「じゃ、一休み――」

ひなげしの言葉を遮り、若干トラウマになるほど聞き続けたＢＧＭが流れはじめた。

ひなげしとれんげが目を見張る。

スキップできないスタッフロールが終わると、問答無用で二周目が始まっていた。

「え、ま……」

クリアデータをロードしたり、引き継ぎ要素を確認するなんて前ふりもなく、ゲーム機に触れる前に、ハンターは蚊にとてつもないダメージを食らって死んだ。

「ふざけんなクソゲー！　絶対ぇ許さねえからなー！」

ひなげしはキレ、れんげはあまりのことに気絶した。

「《ティルフィング》ドン、ドン、ドーンッ!!」

金色の髪をなびかせてゆりが住宅街を舞う。

世界が変わってしまう前と何も変わらない家々の屋根を踏んで大きく跳んだ身体は、空中で大きく旋回する。

光の刃を生成した大剣《ティルフィング》が渾身の力をもって目の前のワイルドハントへ叩き込まれた。

巨人の頭部、歪《いびつ》な形の円盤を《ティルフィング》が破壊していく。

巨躯《きょく》を誇るワイルドハントも頭部中枢を破壊されれば機能停止する。

《ティルフィング》の刃は装甲も鉄塊も易々と打ち砕いてそこへ迫っていた。

そんな中、ゆりの表情に影が落ちた。

頭部を破壊されながらワイルドハントが振るった手がゆりに叩きつけられたのは、それと同時だった。

ドンドン浅かった!

ゆりの判断は速い。《ティルフィング》を引き抜き、叩きつけられる手を大剣の腹で受け止めた。

巨大な掌《てのひら》をゆりの小さな身体が受けきれるわけはない。

だからゆりは抵抗しなかった。直接的な打撃を刃で防ぎながら弾き飛ばされた。

丸めた身体をくるくると回し、《ティルフィング》を電柱や家の屋根に引っかけて勢いを殺しながら辛うじて住宅街の道路に降り立った。

「いったー！　しびれるよー！」

それでも着地の衝撃を殺しきることはできず、顔をしかめる。

そこへ頭部を半壊させたワイルドハントが逆の手に備えた刃を振るった。横殴りの斬撃は家々を破壊しながら軌道上のゆりを捉える。

「そびえ立て《ミズガルズ》！」

割り込んだのはえりかだった。

ブーツで強く地面を踏みしめ、大盾《ミズガルズ》を構える。盾を光の力場が覆い、そこへワイルドハントの刃が激突した。

「あらあら、あら！」

攻撃を受けながら大盾を傾ける。

ワイルドハントの斬撃は盾と力場を滑り、受け流された。

バランスを崩した巨躯が揺らぐ。

「ゆりちゃん、今なら――」

えりかは続けなかった。

ゆりもまた膝を突いている。攻撃を凌《しの》いだとはいえ、無傷とはいいがたい。

「逃げよ！」

「お、おっけードンドン！」

即断して二人は駆け出した。

走りながら振り返れば、ワイルドハントは明後日《あさって》の方向へ頭を回している。そのままでたらめに手を振り回して、周囲の住宅を破壊する。

「目が見えてないのかな？」

「きっとさっきの攻撃で壊れちゃったのよ」

瓦礫《がれき》が飛んでくる中を、二人は必死に走って行く。

「ごめんね。ちゃんとトドメ刺せなかったよー」

「あらあら。しかたないわよ。いつもみたいにみんなで戦えなかったんだから」

えりかの言葉に、ゆりはワイルドハントとは別の方向、仲間たちとはぐれたほうへ目をやった。

「みんなも無事でいて」

それは偶然の遭遇だった。移動中にどこからか移動してきた複数のワイルドハントと出会ってしまったのだ。

ゆりたちはひなげしとさざんかの偵察でワイルドハントの存在を事前に探り、安全なルートを選んで進む。やむをえず戦闘になる場合は、連携して一体ずつ破壊していく。

しかし、ワイルドハントたちがなんらかの理由で大きく移動しているところとぶつかってしまった場合は乱戦になるのを避けられない。

数体のワイルドハントを撃破しながらも、いつもの連携ができないままゆりとえりかはほかの仲間たちと離れ離れになってしまっていた。

「ドンドンスマホがほしいよー！　なくしてなかったら、連絡できるのにー！」

「あらあら。しかたないわよ。それに……おねえちゃんの知恵袋。はぐれた時の合流場所はちゃんと決めてるんだから」

「ドンドンそれそれ！　あっちゃんさすがだったねー！」

家々の陰に隠れ、できるだけ角を曲がるようにしてゆりたちはワイルハントから逃れようとする。

遠くから巨体の破壊音は響いていたが、やがて不吉な姿は住宅街の家々の向こうに消えていた。

ゆりとえりかは足を止めて注意深く周囲を警戒した後、武器《アンドヴァリ》を結晶体へと変えた。

ほっと一息つく。住宅街の道路をラットたちが『巡回チュー』と走っていた。

「もう大丈夫みたいね。追いかけてこないわ」

「うん。それじゃドンドンみんなと合流しなきゃ。あっちゃんが言ってたのは、この前通った駅だったよね」

二人は歩き出し、もう一度立ち止まった。

沈黙が降りる。

右を見ても住宅街で、左を見ても住宅街。最近の一戸建て住宅らしい画一的な造りの家が並んでいる。背の高い集合住宅や古くから残っている一軒家、コンビニもあるが、ゆりたちが求めるものは見当たらなかった。

「えっちゃん。駅ってどっちかな？」

「あらあらあら。おねえちゃんは線路を辿ればいいって思っていたわ」

駅への方向を示す看板もなければ、線路も見当たらない。

ワイルドハントを撒《ま》くために住宅街をでたらめに走ってきたので、どちらから来たかもわからない。

「ドンドン迷っちゃった！」

「あらあらまああ、落ち着いて」

えりかの柔和な表情に焦りはない。

「おねえちゃんの知恵袋。おねえちゃんたちは東西に延びている線路の南側を進んでいたわ。線路を渡った記憶はないんだから、少なくとも北へ向かえば、線路に辿り着くし、そこまで辿り着けば駅の場所もわかるはずよ」

「わあ！　さすが、えっちゃん。ドンドンおねえちゃん！」

ゆりとえりかが張り切って歩み出そうとする。

二人が向いた方向はまったく反対だった。

動きを止め、ぎこちなく振り返る。

「……北ってどっち？」

「あらあら。……おねえちゃんにもわからないことは、あるわね」

いつもと変わらない柔らかで頼りになるえりかの笑顔だが、汗が一筋流れ落ちていた。

「ど、どうしよう……。みんなきっとドンドン心配してるよー」

「そうね。時間さえかければどうにかなるとは思うけど……。早く駅への道を見つけないと。ひなちゃんもきっと困っちゃうわ」

見慣れたものはないかとえりかは手をかざして遠くを眺める。とはいえ、住宅街には目印らしいものもない。

えりかが「あら」と手を叩く。

「線路さえ見つかればいいんだから、高いところから探せばいいんだわ」

一戸建てが並ぶ向こう、一際高いマンションを指差す。ぱっと見ても十階以上はある。

「ちょっと遠いけど、あそこを目指しましょ」

「おっけードンドン！　ありがとう、えっちゃん！」

「うふふ。おねえちゃんにお任せよ」

二人は改めて住宅街を進んでいく。どこからでもマンションを見失うことはない。

「知らない街を歩くのって、ドンドン探検みたいだよね」

「そうね。いいわよいいわよ」

心に少し余裕ができたこともあって、ゆりはきょろきょろと家々を見回しながら歩いていた。

画一的に見えた家だが、玄関扉にかかったネームプレートや、家の前に置き去りの自転車や車、残された観葉植物にそれぞれの個性があった。

どんな家族が住んでいたのかなと、もうそこにはいない人々を思う。

こんなに家が並んでいて、生活の残り香があったとしても誰もいない。二人の足音以外ほとんど音のない街がそれを証明している。

ゆりは寂しさの中に少しだけ温かい心地を覚えた。

「えっちゃんが一緒でよかった」

ぽつりと言う。

「わたし一人だったら……きっとドンドンドンってそのへんのお家の屋根に登ってたと思う」

声は途中からいつもどおりに明るく弾んだ。

「あらあら。でも、そのほうがお手軽かも。線路が見えるか試しちゃう？」

「ドンドンいいかも！」

どこにしようかとゆりが視線を巡らせる。

「ん？」と声を漏らした。

えりかもまたゆりが見つけたものに気づいている。

一戸建て住宅の壁に絵が描かれていた。そのすぐ横には意味のわからない文字の羅列が記されている。

「ドンドン、タヌキ……」「あらあら、タヌキだわ」

絵はデフォルメされたかわいいタヌキだった。とぼけた顔も、特徴的な丸みのある尻尾も、お腹をポコポコ叩いているのも間違いなくタヌキだ。

そして、文字の羅列は『みたぎへたすたすめ』。

「えっちゃん、これもしかして」

「おねえちゃんの知恵袋……じゃなくてもわかるわ。文章から『た』を抜くと答えが出るタヌキの暗号ね」

答えは『みぎへすすめ』。

ゆりとえりかは思わず考え込む。

「これ、いつ描かれたものなのかな」

白い壁に油性のマーカーで描かれたイラストはまだ色褪《あ》せても剥がれてもいない。

「それに誰が描いたのかしら」

住宅街に人の営みを感じさせる音はない。

「ワイルドハントの罠《わな》だったら？」

「あのドンドンおっきいのが、こう……背中を丸めて、ここにタヌキを描いてた」

えりかとれんげは思わず噴き出した。

「さすがにしないわね」

「タヌキの暗号を描いちゃうワイルドハントなら、仲良くできちゃうかも。でも、それよりも……」

消されていない人がいるのかもしれない。と、そこまで続けることはできなかった。

ゆりもえりかもその夢物語をすでに何度も思い描いてきた。

足元をラットたちが走って行く。

「あらあら？　そういえばラットちゃん、このタヌキは消さないのね」

「ほんとだ。汚れているところはドンドン掃除してくれるのに」

当のラットは気にした様子もない。

「ラットちゃん、何を汚れだって考えているのかしら」

「前から描かれていたから気にしてない？　わかんないよー」

とにかくタヌキはそこにあった。

「……えっちゃん。わたしはドンドン行ってみたいかな」

もしかすると生きている人がいるかもしれない。言葉にはしなかった。

「わたしたちは出会うことができたんだから」

「そう、ね……。おねえちゃんもそう思うわ」

えりかはもう一度タヌキのとぼけた顔に目をやった。

それから二人はタヌキの暗号のとおり、目指していたマンションとは別の方向へ歩を進めた。

住宅街には相変わらずゆりとえりかの足音と、風で木の葉がこすれるような物音、ラットの立てる音声だけがある。

しばらく進んだところに再び誰かが描いた絵があった。道が左右に分岐しているところの、家の塀にやはり油性のマーカーで描かれている。

「さっきのと……違うね」

「そうね。別の子が描いたのかしら？」

先ほどのタヌキはイラストを描き慣れていることがわかるものだった。ローカルなマスコットキャラにもいそうだ。

対して、ここのイラストは見るからに子どもが描いたものだ。幼稚園児や小学校低学年ぐらいかもしれない。

なんだか丸い生き物と、髪の長い人間らしきものが描かれている。

その横に今度もメッセージがあったが、同じ子どもが書いたらしく字がかなり読みづらい。

『おかあさんとみにもんどっちがすきだしょ』

よくよく見れば丸い生き物と人間らしいものにはそれぞれ逆方向に向けた矢印が添えられている。

「どこかに案内してるやつだよね。ドンドン宝物がある？」

「宝物かどうかはわからないけど、誘導されているのは確かよね」

「それに……やっぱりワイルドハントじゃないと思う」

「そうね。さっきの絵もだけど、ワイルドハントがこんなちっちゃい子どもみたいな絵を描けるって思えない。描けても、わざわざ絵柄を分けようって考えないんじゃないかしら」

「タヌキの人とは、家族なのかな？　お友達なのかな？」

「おかあさんはいるのね」

多分おかあさんを示している髪の長い人物の絵に顔を近づけ、目を細める。「いいわよいいわよ」と囁《ささや》いた。

「でも、どっちに進めばいいのかしら。やっぱりおかあさん？」

「みにもんもかわいいよねー」

「それでも、家族を選ぶんじゃないかしら……」

えりかは「おかあさん」に足を踏み出そうとする。

「ドンドンわかったよ！」

それよりも先にゆりが動いていた。

右でも左でもなく真正面、塀と塀の狭い隙間に突然身体をねじ込んだ。

「ゆりちゃん！　そこ通れるの」

「ドンドンいけるかも！」

ゆりが入り込んでいるのは古い家の塀と塀の隙間だ。辛うじて先に進んでいるが、道として整備された場所じゃない。

中にいたらしいラットが慌てて飛び出してきた。

「あらあら……」

一人で行かせるわけにはいかないので、えりかもその隙間に滑り込んだ。

「まあまあ、うっ。おねえちゃんにはちょっと狭いわね」

ゆりよりも大柄なえりかは、つっかえそうになりつつもなんとか前へ進んでいく。

ふわっとした髪の毛が引っかかるのを手でたぐり寄せ、スカートや胸元を擦らないように注意を払う。

どこかで詰まって抜けられなくなったらどうしよ……と、だんだん不安になっていく。

そんなえりかの前を、ゆりがドンドン先へ進んでいった。

しばらくして前が開ける。ゆりに続いてえりかも狭い隙間から外に出た。

「はー」と思わず深呼吸した。

目の前にあるものは住宅街の変わらぬ光景だが、やけに開放感がある。

「えっちゃん！　ドンドン正解だったよ！」

「あらあら」と思わず目を見張る。

ゆりとえりかの前、今度は比較的新しい一戸建ての壁に次なるヒントが描かれていた。

「ゆりちゃんはどうして選べないって思ったの？　というよりも……よくここが道だってわかったわね」

振り返っても塀と塀の間は道に見えない。むしろ区画の都合でできてしまったただの隙間で、そもそも通る者もいないはずだ。

「えっと」とゆりは腕を組んで考える。

「わたしなら選べないって思っただけだよ。じゃあ、どこに行けばいいかなって思ったら、そこがあったからドンドンドンって」

「ゆりちゃんらしいわ。おねえちゃんじゃ絶対わかんなかったわ。いいわねいいわね！」

「えへへ」とゆりがわかりやすく照れた。

「でも、ドンドンどうしよう」

一転、困り果てた顔で次のヒントを振り返る。

今度のヒントは壁一面だった。そこに書かれているのはイラストじゃなく数字ばかりだ。

「ドンドンわからない！　ドンドンドンだよ！　もうダメかも！」

さっきあれほどの決断を見せたゆりが手をわきわきとしながら震えている。

「これは……暗号なのかしら」

えりかは改めて壁の数字に目をやりつつ、小首をかしげた。

壁一面に書かれた数字の数は多い。「21」「55」のように二桁の数字がいくつも並んでいる。何かを意味していそうな数字の羅列だった。

「もしかして、ここからワイルドハントの仕業なのかな」

「タヌキの子とも、さっきの子とも違うのは確かよね」

「ドンドンわからないよー」

ゆりはもう涙すら滲《にじ》ませていた。

一方でえりかは口元に指を当てつつ、数字を眺めている。ブーツでコツコツと地面を叩いた。

「あらあら。字もきれい。ここまでだと一番年上の人が書いたんじゃないかしら」

えりかは取り出したメモに何かを書き込んでいく。

数字を指差し確認すると、メモに再度目をやった。

「おねえちゃんの知恵袋。やっぱりこれは暗号ね」

「そ、そうなの？　ドンドンわかんないよ」

「法則を見つければ単純よ。五十音をそのまま二桁の数字に置き換えているのね。例えば『11』は『あ』みたいに。ぱっと見はわかりにくいんだけど、ここに書かれてる半分以上の部分は五十音表になってるわ」

「どんな暗号なのかはわかった気がするけど、何がどうなってるのかはドンドンわかんないままだよー」

「いいわよいいわよ。おねえちゃんはばっちりだから。ついてきて」

今度はえりかが先導する。

メモを見つつ「ここは右折。次は左折」と進んでいく。

「えっちゃん、どうしてわかったの？　もしかしてドンドンスパイ」

「あらあら、スパイじゃないわよー。おねえちゃん、前にこれとほとんど同じ暗号を作ったことがあるだけ」

「暗号なんて作るなら、やっぱりスパイだよ！」

「違うわよー。バスケ部で使おうとしただけ。試合中に出す細かい指示を相手チームにわかんないようにしたいなーって。ひなちゃんに協力してもらって作ったのよ」

「部活ってドンドンそこまでしなきゃダメなんだね……」

えりかは「あらあら」と苦笑いする。

「複雑すぎるって没になっちゃったわ。おねえちゃんがんばって全部憶えたのにー。使ってたら、もっと勝てるようになったと思わない？」

えりかがぐっと拳を握る。

「もっと高みを目指すことできたと思うわ」

「そ、そうかも？」

ゆりは応えつつ、部活の話をする時だけ、えりかはちょっと違う……と思わなくもなかった。

「あ、ここが次のヒント？」

えりかの指示どおりに進んだ先には公園があった。

なんの変哲もない小さな敷地の児童公園だ。その入り口にある公園の名前を記した石造りのオブジェクトに絵が描かれていた。

子どもの絵だが、分かれ道にあったものよりは年上らしく描いているものがわかりやすい。西洋風のお城や大きな木、火を噴く竜、そして剣を持ってマントを翻す勇者らしい人物が描かれていた。その脇に『たからさがし』とだけ書かれている。

「まあまあ。この公園で宝物を探すのね」

小さな公園だがいくつか遊具が設置されていて、小さな木も生えている。それらは絵の内容に見立てることができそうでもあった。

「えっちゃん。この絵も別の子が描いてるよね」

「そうね。みんな家族なのかしら。それともおねえちゃんたちみたいに出会った人たちが集まったのかしらね」

二人は話を続けようとしながらも、それ以上話さなかった。ゆりもえりかもヒントを出した人たちが生きているということがか細い希望なのだと心の隅で理解してしまっている。

それでも、公園に残されたヒントを探しはじめる。

「この絵は公園の遊具と対応してるってことよね」

「わたしもドンドン思う。でも、宝物がどこにあるのかはわかんないかなー」

絵には明確な宝箱のようなものは記されていない。

「だったら……おねえちゃんの知恵袋。範囲が狭いならしらみつぶしよ！」

「ドンドン力ずく！」

ゆりとえりかは公園にあるものをひとつひとつ調べていく。

城と見立てられそうな大型の滑り台や登り棒、大樹ではないが公園唯一の樹木、ワニモチーフのシーソーは竜かもしれない。

ブランコなど関係があるのかないのかわからない遊具を含めて、二人は確認していく。


しかし――。

「あらあら……ぜんぜん見つからないわ」

ぐったりとシーソーに腰掛けてえりかはうなだれた。

「シーソーの下までドンドン探したんだけど。宝物どこー」

ゆりはベンチで空を仰ぐ。

青い空をゆっくりと雲が流れていく。涼やかな風は二人の髪を揺らし、戦って歩いて探し回って火照《ほて》った肌に心地よかった。

住宅街に囲まれた公園の空は世界が変わる前と何も変わらない。

「もしかしたら……『たからさがし』って言葉の解釈が間違っているのかしら」

「どういうこと？」

「宝物っていうのが、何かこう形のあるものじゃなくて……。おねえちゃんたちはこの絵と公園から何かを読み取って、次の場所を考えないといけない……？」

「宝物が形のある宝じゃない……。うーん。あの子、中学生か高校生ぐらいだからオシャレとか、カワイイとかもドンドン意味があったりして」

「あの子？」

えりかが目を瞬《しばたた》かせる。

「ドンドンあの子だよ」

ゆりは公園の入り口を指差した。そこにあるのはヒントの絵だ。勇者と城と大樹と竜の姿はさっき見た時と変わらない。

「あの絵の子、制服着てるから、中学生以上かなって」

「あらあら、あら！　本当だわ！」

勇者らしい子に剣を持って、マントを翻しているが、胸元のリボンやフレアスカートのデザインは確かに学校の制服っぽかった。

「制服とマントと剣と……あらあらあら？」

えりかは首をかしげ、目を丸くして「まあまあまあ！」と手を打ち合わせた。

「おねえちゃんの知恵袋。このデザインの組み合わせ、ちょっと前にやってた『ゆうしゃガールみらい』だわ！　妹が小学生の時観てたの」

「ドンドンそうなの？」

「ソーラーブレイドに描かれた太陽が同じだし、マントの紋章もたぶんそうよ。中学生の女の子が勇者に変身するの。竜と世界樹とお城も出てくるわ」

「それ、わたしもCMでは見たことあるかも」

改めてゆうしゃガールの姿を確認する。いわゆるゲームの勇者デザインっぽいが、ゆりの指摘した制服も、えりかが言うような特有のデザインもしっかり入っている。

「えっと。それじゃ、『たからもの』っていうのは、この絵に描かれているものばかりじゃなくて、アニメに出てくるものなのかな？」

「どうかしら。おねえちゃんもちょっと見たことあるだけだから。たからもの、たからもの……。ソーラーブレイドじゃなくて、サンシャインクリスタルでもなくて、太陽の三聖獣もそうは呼ばれてなかったわ」

「ドンドンちゃんと観てるっぽい」

えりかは何か思い出せーとでもいうように、握った手でこめかみをぐりぐりする。

まだ世界が変わる前。いつもの生活は永遠に続くと、そんなことすら考えたこともなかった頃。日曜日の部活が終わった後、妹はわざわざ待っていて「おねえちゃん、一緒に観よう」と誘ってくれた。

テレビの中のヒロイン、みらいが太陽のように笑って手を差し伸べる。

「思い出したわ！　『たからもの』は友達だったの」

えりかは公園を駆け出た。

公園のすぐ前にはいわゆるとび出し注意の看板がある。デフォルメされた女の子の看板だが、ふりふりしたかわいらしい服と金色の髪はみらいの親友、あすかに似ていた。

看板を調べれば、その裏側に『このまままっすぐ。もうちょっとだよ』とヒントと温かい励ましが書き込まれている。

「友達……。そうだよね。たからものだよね」

ゆりの声は優しかった。いつもと違う静かな響きは、どこか噛みしめるようでもあった。

「もうちょっと！　ドンドンドンだよ！」

一転、明るい声を弾ませて、ゆりが先に走っていく。金色の髪がはしゃぐように踊る。

「あらあら。待って、ゆりちゃん」

えりかはみらいの親友に視線をやり、それからゆりの後ろ姿を追った。

ゴールにたどり着いたことは一目でわかった。

住宅街の真ん中、ほかと似たような一戸建ての住宅が佇《たたず》んでいる。しかし、そこにはありったけの飾り付けがされていた。

クリスマスシーズンにしか見かけないようなＬＥＤの照明にゴールドとレッドのモール、窓ガラスには消すことができるスプレーで描かれたハートや星のガラスアート。昼間にもかかわらずＬＥＤはキラキラと光っている。

そんな派手なデコレーションに加えて、家には横断幕が張られていた。

『おかえりなさい！』と書かれた横断幕は、文字のひとつひとつを別々の人が書いたことがわかるものだった。たどたどしい子どもの字から、しっかりした文字まで、ここまでのヒントを出してきた人物のものかもしれない。

家の前をラットが通過していく。『巡回チュー』と電子音声を出している小型ロボットはその装飾を気にする様子もない。

「あらあら。これだけおっきい飾りもラットちゃんの掃除からは外れるのね」

「ここまでのヒントと同じだね」

「どういう基準なのかしら……。でも、ヒントを出していた人たちは、ラットちゃんに……もしかしたらワイルドハントにも詳しいのかも」

「ドンドン詳しくなかったら、ラットくんに消されないって思うことできないもんね。ワイルドハントが怖くて外に出ることも、こんな飾りもできない」

ゆりとえりかは改めて家の飾りに目をやった。

クリスマスなんてまだまだ遠いこの時期には季節外れで、住宅街の真ん中で日中に光るLEDも場違いだ。

「きっとヒントを出した人たち、家族や友達を待ってたんだよね」

『おかえりなさい！』の横断幕が迎えようとしている人たち。ここまでゆりたちが解いてきたヒント『タヌキ』も『みにもん』も『数字暗号』も『ゆうしゃガールみらい』も、考えてみれば、答えを知っている人に向けたものだ。少なくとも相手が解けると思って作った問題だ。

「世界がこうなってしまった時、何かの理由で別れてしまった人を待ってるんだわ」

えりかの呟きは願いだ。

「ワイルドハントのことわかってるなら。もしかしたら。違うわ、きっとそうよ！」

インターホンを押す。無機質な電子音が鳴るが反応はない。数度試した末、二人は玄関のドアを開けた。鍵はかかっていなかった。

「ドンドンおじゃまします」「誰かいませんか」

声をかけて家に上がる。二人とも靴は脱がなかった。

LEDはまだ光っている。

こんな危ない世界なのに、いくつもヒントを書くことができた。

ワイルドハントに詳しいなら、逃れる術もわかっていたはず。

だから――。

埃《ほこり》ひとつないきれいな廊下が汚れてしまうが、そのままリビングに足を踏み入れる。

ガラスアートが描かれた窓に面するリビングに入れば、結論が出てしまった。

リビングの隅に衣服が折り重なっている。テーブルもテレビも床に転がったおもちゃも全部無傷だ。ワイルドハントが人を消してしまうのに、わざわざ家を破壊して侵入する必要すらないのだ。あの音が届けば人は消える。

いつものことだった。抱きたくない小さな期待と、ごく普通に訪れる現実。

ゆりにとってもえりかにとっても慣れてしまった光景のはずだった。

堪えきれない嗚咽《おえつ》がこぼれた。

「えっちゃん?」

えりかが膝を突き、泣き崩れる。

「ごめん、ごめ……う、うぁぁぁぁっ」

謝ろうとするがそれもできなかった。

涙にまみれた声に「どうして」と混じる。

ゆりにとってこんなえりかの姿は初めてだった。

えりかが泣く。声を上げて、頬を伝った涙で服を濡らし、涙にまみれた手でリビングの床をつかんでもまだ止まらない。号泣する。

「こんなこと、やだよ、こんなの……。おねえちゃんなのに……」

肩を、身体を震わせて、立ち上がることなんてできるわけもなく、ただただ泣きじゃくる。

そんなえりかを、ゆりはそっと抱いた。

何も言わずにそっと腕を回し、涙で濡れることも気にせず、悲しみを分け合おうとするかのように優しく抱きしめた。

金色の髪と、えりかのふわりとした髪が混じり合う。

えりかは子どものように、ゆりの胸に顔を埋《うず》めて泣き続けた。


えりかの涙が止まるまでに、ゆりの制服はびしゃびしゃに濡れてしまった。涙が止まった後も、話せるようになるまでにはさらに長い時間がかかった。

飾られた窓の外、家に入った時と比べれば太陽は傾きを見せている。

「ごめんね。おねえちゃんなのに、本当にごめんなさい」

「ドンドンだよ。ドンドン気にしない」

壁に背を預けて、二人はリビングの隅に座り込んでいた。

「服いっぱい汚しちゃったわ……」

「あとで一緒にコインランドリー探そ。このへんだったら、ドンドンってあるよ」

まだちょっと湿っている服をつまむ。

えりかはうつむいたままで深く息をつく。ふわふわの髪が心なしかしぼんでいた。

ゆりは隣でただ微笑んでいる。

「おねえちゃんの恥ずかしい知恵袋」

その声は掠《かす》れている。

「おねえちゃんの家はすごく普通の家だったの。家族は仲がよかったわ。いっつもニコニコしてた。でも……おねえちゃんはおねえちゃんでしかなかったの。……わかりづらいわね」

苦笑をこぼす。

「家でのおねえちゃんは、姉だったの。妹が生まれた時にお母さんから『これからはお姉ちゃんよ』って言われて。だから、姉じゃないといけないと思って。優しくて頼られる姉を続けてきたのね。昔は『ママ、ママ』って甘えん坊だったのに」

顔を上げた。まだ濡れたままの目は遠くを見ていた。

「だから、部活でも受験でも辛いって思った時、姉として家族を頼ることができなかった。そういうのは姉じゃないから。でも、そんな家にいるのが、仲がいいはずの家族といるのが少しずつ辛くなってきたの」

えりかの脳裏をよぎる光景。家族と一緒に笑っている自分が本当に笑っていたのかがわからない。

「ひなちゃんとは幼なじみだけど、姉妹みたいだったわ。でも、家族と違って、ひなちゃんにはおねえちゃんの弱いところ……そんなに大げさな話じゃないけど、愚痴なんかを言うことができたの。ひなちゃんがゲームしてる間にね」

ひなげしが携帯ゲーム機で遊んでいる時、それを後ろから見ているおねえちゃんの顔で続ける。

「だから、おねえちゃんは姉じゃなくておねえちゃんでいた。ひなちゃんのところにいる時間が長くなっていって。それで、あの日……世界が変わっちゃった日、家族で出かけるって話を断っちゃったの。それが最後」

えりかはもう一度、リビングに折り重なる衣服に目を向けた。互いをかばい合った末の形だというのは、自分の思い込みかもしれないと思いつつも信じてしまう。

「ひなちゃんと一緒にいたことは後悔していないわ。でも、おねえちゃんは本当の家族の姉じゃないとダメだったの。お母さんも妹も、姉として支えないといけなかったの。なのに……」

赤くなってしまったえりかの目からまた涙がこぼれ落ちた。

「帰らない家族のことを思って、家族が帰る場所をそのままにして、家族が帰る道しるべを作ったのよ。この人たちは……」

えりかはだだをこねる子どもみたいに首を振る。

「ごめんね。ごめん。おねえちゃんはおねえちゃんじゃないといけないのに。頼ってもらえるおねえちゃんじゃないと、姉でいないとダメなのに」

「わたしも。ドンドンお話ししていい？」

不意の言葉に、えりかは涙で滲んだ濡れた目をゆりに向けた。

いつもと同じまぶしい笑顔のまま、ゆりもまたえりかを見る。大きく澄んだ瞳にえりかの泣き顔が映り込む。それと共に、えりかはゆりの瞳もまた潤んでいることに気づいた。

「わたしの家もね。ドンドン仲がよかったんだ。お友達もドンドンドンだったよ。でも、みんな消されちゃった。離れ離れになった子も、わたしは……まだ生きてるって思えなかったんだよね」

えりかが映り込むゆりの瞳。いつも明るく輝いている瞳。それが底の見えない井戸のように淀《よど》んで見えた気がした。

えりかは何か言おうと口を開くが、ただ呼吸が漏れただけだった。

「最後まで一緒にいてくれた、ねりねちゃん……白雪ねりねちゃんともはぐれちゃった。ねりねちゃんは武器《アンドヴァリ》を持ってるから、もしかしたら……きっと、ありえなくても、ドンドンドンだって。信じたいの」

ゆりの瞳が揺れる。

「でも……。ねりねちゃんがいなくなってすぐはダメだった。一人ぼっちになって、信じたいことも信じられなくて、このまま死んじゃったほうが楽しいかもって思ったの」

「ゆりちゃんが？」

「えへへ。そうだよ。ゆりちゃんが、だよ」

恥ずかしげに目を伏せる。

「でも、思い出したんだよ。ドンドンドンを。お母さんが困った時によく言ってたの、『ドンドンドン！』って。勢いをつけたいんだって。だから、わたしも真似してドンドンって口に出してみたんだ。そしたら、ドンドンドン！　ってなって、このとおりドンドンドンドン！」

ゆりはいつものゆりだった。目尻に涙は浮かんでいるが、白い歯を見せて楽しそうにしている。

「いっつも寂しいし強がってるんだよ。ドンドンドンって、なんとかしてる。だから……」

ゆりはえりかと手を重ねる。触れた時、えりかの指先がかすかに動いたが、彼女は受け入れた。

二人は互いに頭を寄せる。金色とふわふわのお互いの髪がくすぐったかった。ゆりの目尻から涙がひとつだけ流れた。

「えっちゃんが、みんながいてくれてドンドンドンだよ。ありがとう」

「あら。おねえちゃんもいいわよ。ありがとう」

重なった手と手。えりかが指先を浅く絡める。今度はゆりの側が受け入れる。

二人は消えないぬくもりを、そこに確かに存在する大切なものを、決して逃したくないというようにそのままでいた。

日がさらに傾くほどの時間が過ぎる。ガラスアートの影が移動して、重なった手と手にかかった。

「……っ」

そのことで二人はなんとなく我に返った。不意に恥ずかしくなってきたが、離れるタイミングをつかめずもぞもぞとする。

えりかが何度か口を開けて言い出せず、それでもようやく言葉を絞り出した。

「……えっと。ゆりちゃん。あのね。おねえちゃんは、その……おねえちゃんだから」

えりかはいつの間にか首筋まで真っ赤になっている。

「内緒にしてほしいわ」

「そ、そうだよね。ドンドンそう」

ゆりはゆりで心臓が飛び出しそうな自分の鼓動がやけに恥ずかしかった。

しかし、二人はまだ離れることができない。

その時間を断ち切るものは唐突に来た。

地響きが鳴った。リビングが揺れてどこかが軋む。

聞き慣れたくない、心を掻《か》き毟《むし》るあの音が聞こえる。

「ワイルドハント！」

ゆりとえりかは立ち上がり、窓から外に目をやる。デコレーションされた窓の向こう、並ぶ家々の先にワイルドハントの巨体があった。

屋根の上に突き出しているのは歪な円盤状の頭部だが、装甲も内部も大きく損壊している。時折火花が散っていた。

二人は外へ駆けだした。

「あのワイルドハント、さっき戦ったやつね」

「ドンドンだね」

二人はまだ手を繋いだままでいる。

ワイルドハントの動きは目に見えておかしかった。壊れた頭は左右に揺れ、でたらめに振り下ろした手が意味もなく家々を破壊する。足取りもよろめいていた。

「ドンドン壊れたままで何も見えてないみたい」

「修理できるようなものを取り込めなかったんだわ」

ワイルドハントが住宅街を進んでくる。でたらめな動きはゆりたちを認識したものではなかった。視覚だけではなく、人を探知する力もかなり失われているように見えた。

距離がある今立ち去ればおそらく気づかれない。命を落とすような危険に晒《さら》されることもない。

だが、ゆりもえりかも繋がった手と手で感じていた。強く握りしめた力と、掌に滲んだ汗は緊張と決意が入り混じったものだ。

壊れかけのワイルドハントはまっすぐに進んでくる。その進路上にはゆりたちがさっきまでいた家がある。

クリスマスのように飾られた家。それは誰かが帰ってくるための希望だ。『タヌキ』『みにもん』

『暗号』『ゆうしゃガール』を遺した人たちの確かな想いだ。

「ねえ、ゆりちゃん。もし、この家が壊されても、ラットちゃんたちが全部修理してくれるって思わない？」

「そうだね。もしかすると、飾りもドンドン直してくれるかも」

「でも」という言葉が重なる。

「おねえちゃんは絶対嫌だわ」

「わたしもドンドンさせたくないよ」

二人はぎゅっと手と手を握り合い、結ばれた手を解いた。

そして、暴れながら迫るワイルドハントへ向かう。

「「アンドヴァリ・エクステンド！」」


ゆりが大剣《ティルフィング》を、えりかが大盾《ミズガルズ》を手に走る。

武器《アンドヴァリ》によって増強された身体能力で家々の屋根から屋根に飛び移り直進する。

二人は半壊したワイルドハントとの距離を瞬く間に詰めた。

頭部を破壊されたワイルドハントがぐねりと身体を回す。不吉な叫びを上げた動きは先程までと違い、明らかにゆりたちの存在を認識したものだった。

「ゆりちゃん！　完全に壊れてはないわ。気をつけて！」

「人間見つけるの得意だもんね！」

「さあ、いくわよ！」

「おっけードンドンドン！」

刃の腕を振り上げたワイルドハントの眼前でえりかは急制動をかけた。屋根をブーツで踏みしめ、盾を担ぐようにして持つ。

一切速度を緩めることなくゆりが跳んだ。そのままえりかの盾を踏み台とする。

「《ミズガルズ》！」

盾に展開された光の力場は攻撃を弾く力をもって、ゆりの身体を空中高くへ跳ね上げた。

「ドーン！　ドーンドーン！」

ワイルドハントの頭上で振りかざした《ティルフィング》が光の刃を放つ。光は白い花弁として広がり輝く。

その時、ワイルドハントは動きを変えた。振り下ろそうとしていた刃を身をよじることで、空中のゆりへと放つ。

華奢な身体を真っ二つにする軌道で刃が迫る。

しかし、ゆりは防御しない。光の刃を手にしたまま、ワイルドハントから目を逸らさない。

「ふざけんな！」

それはえりかの声だった。

いつもの笑みを消した彼女は、ゆりを空中へ放った直後そのまま前へ踏み込んでいた。

許せない。傷つけさせない。大切な人からもう離れたくない。

ふわふわの髪を乱しながら、大盾《ミズガルズ》を渾身の力で振り回す。

「打ち崩せ!!　《ミズガルズ》」

空中のゆりに反応して無防備になったワイルドハントへ、大盾の一撃が横殴りに叩き込まれた。

攻撃を弾く力場がその力をワイルドハントへの打撃力に変える。

巨躯はあっけなく揺らぎ、ゆりを狙った斬撃もあらぬ方向へと逸れた。

空中のゆりはすでに《ティルフィング》を全力で稼働していた。

「ドン、ドン、ドン！」

白い巨剣と化した《ティルフィング》を構えたゆりの脳裏に、えりかと一緒にたどった道のりが蘇る。そこにあった想いのすべてが剣を握る手に込められた。

消させない。いなくなったと思いたくない。友達でなくても大事な人たち。

「《ティルフィング》！　ドーンッ」

ゆりの一撃は半壊していたワイルドハントの中枢に及び、今度こそ完全破壊した。

二人は倒れていく巨体から素早く距離を取り、その爆散を見届ける。

「「おつかれさま」」

ささやかなハイタッチが交わされた。

二人はもう一度あの家を振り返る。

ほかの家々に隠れているが横断幕がわずかだが目に入った。

「ドンドン帰ってくるといいね」

「そうね。おねえちゃんもそう思うわ」

願いと希望を言葉として残し、ゆりとえりかは歩き出す。

みんなとの合流地点である駅は屋根の上を走った時に見えていた。意外と距離はなかったのだ。

もうじき夕方を迎える太陽の下、二人は住宅街を出て線路沿いに進む。

いつものように金色の髪を元気よく揺らしながら前を行くゆりの背中から、えりかは目を離すことができない。

ゆりちゃん、おねえちゃんとお友達になろう。

何度か口に出そうとしたものの、たったそれだけの言葉を伝えられなかった。ゆりが失ってきたもの、友達をなくす悲しみや怖さが彼女にも理解できてしまったからこそ、言えなかった。

「ねえ、ゆりちゃん」

それでも伝えないといけない気持ちを言葉にする。

ゆりが立ち止まり振り返る。

「おねえちゃんはゆりちゃんのおねえちゃんでもあるのよ。だから……いつだってゆりちゃんの力になるわ」

ゆりは驚き、心から嬉しそうな顔をした。

「わたしも。えっちゃんが困った時、絶対助けるよ。どこにいても、どんなことがあってもドンドンドンって」

えりかが足早に駆け寄り、二人は並んで進んでいく。

ようやく見えてきた駅前には、ゆりとえりかの大切な人たちが手を振る姿があった。

家族ではないが、大切な仲間たちがいた。

# エピローグ

お風呂上がりの髪の水分をバスタオルにしっかりと吸わせる。

れんげの髪は他のメンバーと比べれば短いが、それでもまだしっとりとしていた。

バスタオルで挟むようにして念入りに水分を取り除く。その後はさざんかが用意したヘアオイルを髪になじませて、ドライヤーで髪を乾かす。

バスルームを出たれんげは見違えるようにさらさらになった髪に思わず指を通しつつ、一階であるカフェのフロアに下りていく。

「お、お風呂ありがとうございました！　気持ちよかったです！」

空き家やネカフェ、ビジネスホテルの一室などシャワーを浴びることができる場所には事欠かないが、ワイルドハントへの恐れから、ゆったりとしたのは本当に久しぶりだった。れんげの記憶は失われているので、バスタブに浸かったのがいつ以来かはますますわからない。

オープンテラスのあるカフェの一階フロアには、すでにお風呂を済ませたゆりたちが集まっていた。

みんなパジャマに着替えていて、ソファーにはそれぞれの寝袋が準備してある。

下りてきたれんげもうパジャマ姿だった。襟や袖にフリルのついたかわいらしいデザインだが、少しサイズが大きく袖が余って指先だけがちょこんと出ている。

「わー！　れんちゃん、ドンドンかわいい！　似合ってるよー！」

やってきたゆりが忙しなく四方八方から眺める。

「そ、そんなことないですー」

「サイズが合ってねーの、あざといチートだな」

「いいわよいいわよ！」

「マジかわいいし！」

「待て、ギルティだ！　このままではれんげが気絶する！」

みんなが思わず口を押さえる。

すでに倒れそうになっていたれんげは辛うじて踏み止まった。

「あ、危ないところでした……」

耳まで真っ赤で、頭からぷしゅーと湯気が出ているようにも見えてしまう。

「まったく……」

肩をすくめつつも、あやめがれんげにグラスを差し出した。沸騰させた後、冷蔵庫で冷やした水が入っている。

「あ、ありがとうございます」

ごくりと飲み込む。お風呂上がりの身体に冷たい水が流れ落ちていく。れんげは思わず「はふー」

と息をこぼす。

「お風呂、最後になってしまってすまなかったな」

「い、いえ。あたしが勝手に洗い物してただけですから」

カフェのキッチンには割烹で使った鍋などがきちんと洗って立てかけられていた。

「さて」と、あやめが手を叩いて注目を集める。

「みんなお風呂も終わった。髪が完全に乾くまでもう少しだけ時間がかかると思うが、今日は早々に休むように」

「ひな的にもうちょぃゲーム」

「それはギルティだ。明日は大切な――」

「秘蔵のポテト、『ピザソース5倍味』ドンドン開けちゃった」

バリバリと音がした。

ぷしっと開栓の音もする。

「ひな的にもコーラ我慢できなかった。二リットル」

「あらあら、ひなちゃんったら。おねえちゃん、プリンの缶詰開けちゃったわ」

「何もかもギルティだ！」

「この時間のポテト、マジヤベーだろ。ギルティじゃん」

珍しく同意するさざんかにあやめは思わず目を見張った。

「ドンドン開けちゃったよー」「炭酸抜けるぞー」「おねえちゃんプリン」

あやめは深々とため息をつきつつ肩を落とす。

「とはいえ……やってしまったものはしかたないか」

あやめは寝袋を邪魔にならない場所に移動させる。

「遅くならないように切り上げるんだぞ」

「やったー！　あっちゃんドンドン好きー！」「ひな的に好感度が上がった」「いいわよいいわよ」

「この時間のポテトマジヤベー。マジうめーし」

「さざんかは反対派じゃなかったのか！　裏切りのギルティだ！」

結局、パジャマパーティが始まった。

「ひなちゃーん。おねえちゃんがあーんってしたげるわねー」

「いや、えり姉。コーラのエナドリ割りにプリンはねーだろ。むぐ」

えりかがひなげしに甲斐甲斐《かいがい》しくお菓子を差し出し、ドリンクを差し出し、ひなげしが文句を言いながらも全部食べる。

「ポテトガチ染みるー。マジ」

「言いながらポテトを渡してくるな。それはギルティだ。自分だって、美容には少し気を遣うんだ」

しかし、あやめは夜のポテトの誘惑に負けて食べてしまう。頬が緩んでしまう委員長を見て、さざんかもにんまりする。

「あっ！　れんげ、ポテトで割烹《かっぽう》するの忘れてました！」

「あはは。れんちゃんドンドン食べてる！」

ほっぺたをリスのように膨らませたれんげを見て、ゆりがお腹を抱えた。

ひなげしがゲームを遊びはじめ、えりかがにこにこと見守り、さざんかはカロリー表示とにらめっこし、あやめは「ギルティ」と眼鏡を押し上げる。

ひとしきり笑い転げた後、ゆりは目を細めてそんなみんなを眺めていた。

「世界がこんなになってなかったら、みんなと会うことってなかったのかな」

誰に言うでもなく口にする。

それぞれが手を止めて、ゆりに目をやる。

ゆり自身意識して言ったことではなく、「あ」と驚きが口を突いて出た。

「あはは。ゴメンね。なんかやな話だったかも」

ひなげしが首を横に振った。責めるような様子はない。

「ゆりくんの言うとおり。チャートが全然別ルートになってるから、ひな的には会ってねーと思う」

ひなげしは夜景を背にした窓に目をやる。

ゲーム機を手にして、えりかと共に映るひなげしの姿は部屋の中にいたあの頃のようだった。

「世界がこんなことにならなきゃ。ゆりくんが無茶苦茶しなきゃ、ひな的にはずっとあの部屋に

Cola

いた。それはそれでって思うが」

「まあまあ。でも、おねえちゃんいいと思うわ」

「それな！」

結局欲望に負けているさざんかはポテトを三枚まとめて囓《かじ》りつつ続く。

「うちといいんちょーは、ゆりちの住んでたところとマジ離れてるし。多分会ってねーじゃん」

「そうだな。自分にも接点があったと思えない」

さざんかとあやめが頷《うなず》く。

「でも、世界がガチでこんなんで、ゆりちがいたから。うちといいんちょーも再会できたし」

「委員長じゃない。しかし、再会はギルティじゃない」

ニシシと笑うさざんかに対して、あやめはプイと顔を背けた。

「れんげも！　れ、れんげも……。記憶はないですけど」

もじもじとしながら、先ほど急いで割烹したクラッカーとチーズとドライフルーツ割烹を飲み込みながら、耳まで赤くして続ける。

「人見知りだから会ってなくて。一緒に割烹して、笑うなんてことも絶対なかったです」

ゆりは椅子に腰掛けて足を振りながら天井を仰いだ。

「そっか。それなら……こんな世界になっても、ドンドンいいことってあるんだよね。ドンドンドンって、こんなに楽しいんだもん」

「ドンドン！」とゆりは弾みをつけて椅子から下りた。

大きく手を上げる。

「わたしね。生き残った人がいっぱい見つかったら、みんなで学校に行きたい！　この世界でドンドン出会ったみんなと！」

きらきらと光る瞳がれんげを、あやめを、さざんかを、えりかを、ひなげしを見回していく。

「同じクラスになって、あっちゃんに勉強を教えてもらう」

「いきなり頼るな。ギルティだ」

「部活もドンドンしちゃう！」

「いいわよいいわよ。言っておくけど遊びじゃないわよ？」

「えり姉、突然目が怖ぇよ」

「学校の帰りにファーストフードをドンドン食べる！」

「マジそれな！　でも、カロリーヤべーんだよなー」

「誰かの家でパジャマパーティをドンドンだよ！」

「パーティ割烹なら、れんげがします！」

「いろいろゲームもするよ！　ルールわかんないけど、麻雀？　それにスイーツ作りもするし、ほかにも……あ！　三年生になったら修学旅行ー！　ドンドンドン！」

それぞれの楽しい声が続く。

旅行先での割烹話ではしゃぎ、テーマパークの話題で盛り上がり、聖地巡礼について語り、そんなことより宿でゲームをするとはしゃぐ。

人がいなくなった街のカフェは、世界が変わってしまう前よりも賑やかだった。


思いのほか食べすぎたお菓子の袋と、ちょっと飲みすぎてしまったジュースやお茶のペットボトルをまとめてゴミ袋に入れた。

パジャマパーティモードだったフロアも寝袋を準備し直し、もとの状態に戻す。

それぞれ歯磨きもちゃんと終えていた。

「それじゃ、改めて。明日に備えて寝るとしようか」

あやめの指示にそれぞれが寝袋に入る。

「あのね」

照明が消される前に、寝袋に潜り込みつつゆりが言った。

「ドンドン楽しい！」

心の底からの言葉だった。

「明日も明後日も……わたしたち、ドンドンドンって毎日楽しいよ！」

あやめが眼鏡の下の目を細め、さざんかが「それな」と応える。れんげはやけに素早く何度も頷き、ひなげしは唇の端を上げ、えりかが「いいわよいいわよ」と身体を揺らした。

空がおかしくなって。
人を消す機械がやってきた。
だけど、ゆりたちの毎日はドンドン楽しい！

# あとがき

初めましてだったり、お久しぶりだったり。八薙玉造です。

『小説 もめんたりー・リリィ～Precious Interludes～』をお届けいたします。本作はＴＶアニメ『もめんたりー・リリィ』のノベライズ作品となります。アニメのストーリーの隙間と隙間にあったゆりたちの楽しい時間を短編連作形式で描きました。

とはいえ、アニメを観ていなかったらぜんぜんわからないということはなく。むしろ、こちらが初見でも大丈夫！　という構成を心がけました。小説から読んでいただいても嬉しいです。また、新規エピソードなので、既にアニメを観ている方にも新鮮に楽しんでいただけるし、アニメにより入り込んでいただけるお話にもなっています。

そうであれ！　あります！

さておきまして、あとがきにそれなりのスペースをいただくことができたので、ノベライズ連作の各話解説……というか小咄《こばなし》をさせていただきます。

極力ネタバレは避けていますが、性質上、読了後にお読みいただいたほうが伝わるかと思います。

### ●時系列

連作各話の時系列ですが、それぞれバラバラになっており、本文中では明確に提示していません。もちろん設定はしていますので、アニメでのできごととノベライズでのやりとりを照らし合わせると、なんとなくどのあたりで起きたお話かが見えてくるかもしれません。

### ●全話共通

ノベライズ制作にあたり、いくつかの案がありました。そのひとつとして考えていたのがアニメの隙間で起きた比較的大きな事件――みんなが立ち寄った古い商店街を舞台に、多くのワイルドハントと激闘を繰り広げる！　――だったのですが、それよりゆりたちの日常をもっと描いたほうが楽しくない？　ということで、日常側に寄った連作短編となりました。

結果、長編案で思いついたネタや舞台が各話に割り振られています。

### ●プロローグ

こっそり言いますが、実はこの話のみエピソード内での時系列が素直じゃないです。

### ●第一章　冒険！　夜の街

ロードムービー的なお話でわくわくするやつ！　世界がそのままなら行かなかった場所に行くやつ！　というお話です。彼女たちが置かれているのは特殊なシチュエーションですが、初めての場所、初めての夜の街に対してはれんげのような感情を抱きませんか？

終盤のお店でのやりとりがゆりとれんげらしいと思っています。

## ●第二章　マジいずれ菖蒲《あやめ》か杜若《かきつばた》

中盤以降の展開はアニメの初期案でも似たような話を考えていました。せっかくだから文章でやっちゃえ！　という感じです。挿絵もついてマジヤバいです。

お話と関係ないのですが、あやめとさざんかはどちらも方向は違えど難しい言葉を使おうとするので、僕の台詞《せりふ》生成コストが高いです。特にさざんかは故事成語辞典などを総動員するので、マジ僕泣かせです。小説になってわかったのですが、校正（校正者さんや編集さんがルビをつけたり、誤字をチェックしてくれる作業）時、二人が登場している章だけ明らかに赤文字チェックが多くて、僕以外も大変ということがわかりました。ガチお世話になっております。

## ●第三章　昭和レトロマッチング

ひなげしがゲーセンに行くというありそうだけどなさそうなお話です。もともとは長編案で別行動しているひなげしとえりかが……という形で組み込んでいたお話でした。

作中のゲームはなんとなく昭和〜平成っぽい感じで設定していますが、おもしろさ重視として、昭和ではできないのでは？　という要素も入っています。

## ●第四章　マジで草

さざんかがアウトドアに詳しいという話はアニメでも出てくるのですが、サバイバル食ネタはあまり描くことができませんでした。食事面でのメインはれんげの割烹にあるので、サバイバルを大きく描くとブレてしまうという判断です。あと、アニメでめっちゃ野草食ってるシーン描いてもらってもな！　ということで、小説で描くとおもしろそうな部分を反映しました。

なお、野草の情報や調理、アウトドア描写に関しては一部『サバイバル読本ＤＥＬＵＸＥ』『野食読本ＤＥＬＵＸＥ』（笠倉出版社）を参考とさせていただきました。ありがとうございます。

## ●第五章　コミュ強になろう！

二人だけでいたらどんな会話するんだろうシリーズ第一弾。れんげとあやめを実際にそういうシチュエーションに放り込んでみると、思った以上におもしろいやりとりをしてくれました。

また、あやめには神社が似合いそうという場所設定だったのですが、この世界で彼女たちが神様に何を願うのか、何を思うのか？　と考えることができたのも僕的によかったです。

それはそれとしてアニメの絵ではギルティな表情をぜひ想像してください。

## ●第六章　陰陽タクティクス

二人だけでいたらどんな会話するんだろうシリーズ第二弾。

文章として僕自身があまりやらない俯瞰《ふかん》した形の三人称（ひなげしとさざんかを同時に描写している状態）で変なやりとりを書くことができて楽しかったです。

特に意味の無い心理戦大好き。

## ●第七章　劇場版みにもん～みにおに島のダークみにおに～

アレです！　みなさんご存じアレです！

それはそれとして、こちらも長編案からのお話です。もともとのシチュエーションでは古い商店街で、ちょっとレトロな映画館を舞台とする形でした。その場合は観る映画の内容も違って、丸々違うお話になっていたかもしれません。

### 第八章　プレスオブファイナルクエストソードクリムゾン

ひなげしにクソゲーを遊ばせたい！　という話です。

このタイトルなら『ブレスオブ〜』じゃない？　って感じなのですが、略称が『ブリムゾン』になってしまってまったくかわいくないので、『プ』になりました。ご理解ください！　クソゲーとしての内容はハイブリッドです。

ちなみにメンバーの中では、れんげがひなげしの次にゲームがうまいと思っています。最初は下手でもひたすら根気よく上達していくタイプで、意外とセンスもあります。

### 第九章　大切な人たちへ

長編エピソードの縦軸となっていたお話をゆりとえりかのドラマにしたお話です。内容はお読みいただくとして、二人の絆や秘めた内面をしっかり描くことができてよかったです。

### エピローグ

パジャマパーティ！　やるしかないでしょ！　やった！

アニメの脚本も担当していますが、ゆりたちをまだまだ書きたい、日常のなんてことない話を書きたい！　という欲求がありましたので、それらを小説という形で描くことができて幸せでした。

皆様にも楽しんでいただければ、そして、アニメがもっと楽しいものとなれば幸いです。(アニメを観て、こちらがもっと楽しくなってても嬉しいです)

最後に謝辞を。

かわいく魅力的なイラストを描いていただいたsyuri22さん。カバーイラストのゆりの笑顔がまぶしくて、ドンドン・ザ・ゆり！　という感じでした。あまりにもゆり！

小説版を自由に書かせていただきましたGoHandsさん。

丁寧なスケジュール構築と、的確なアドバイスをいただきました担当飯島さん。

松竹さん、本作の出版にお力添えいただいた多くの皆様。

お読みいただいた読者の皆様と、アニメを観ていただいている皆様。

本当にありがとうございました！

またどこかでお会いできれば、彼女たちを描くことができればと願いつつ、失礼いたします。

ようやく秋っぽくなってきた頃　八薙玉造

［ブシロードノベル］
小説 もめんたりー・リリィ～Precious Interludes～1

2025年1月8日　初版発行

原　作　GoHands×松竹
　文　八薙玉造
挿　絵　syuri22
発行者　新福恭平
発行所　株式会社ブシロードワークス
〒164-0011　東京都中野区中央1-38-1 住友中野坂上ビル6階
https://bushiroad-works.com/contact/
（ブシロードワークスお問い合わせ）
発売元　株式会社KADOKAWA
〒102-8177　東京都千代田区富士見2-13-3
TEL：0570-002-008（ナビダイヤル）
印　刷　TOPPANクロレ株式会社
装　幀　鹿島一寛・株式会社 工画堂スタジオ
担当編集　飯島周良


Printed in Japan
ISBN 978-4-04-899754-6 C0093